이미 나 ... 충분하다.
그 골목에 ... 이 책을 쓴 것,
책상에 누워 이 글을 쓰는 게 그 증거다.
그러니 이제 당신이
나를 사랑하면 된다.
당신이 나를 사랑해서
당신의 삶이 변화하길...
그 변화 덕분에
더 나은 세상이 되길...
기대하고 기다린다♡

2022년
사랑을 담아... 신민경♡

| 새 | 벽 | | 4 | 시 |

살고 싶은 시간

새벽 4시
살고 싶은 시간

신민경 지음

책구름

하루 24시간을 100세 인생으로 치환해보니,

내 인생은 오전 9시가 끝이라고 한다.

오전, 오후, 저녁과 밤이 남아있는데,

차가운 새벽이 물러가고 아침을 맞이하자마자 끝이란다.

내 하루는

그렇게 정해졌다고 한다.

설레었는데,

이제 멋진 하루를 살아내리라 다짐했는데.

차례

프롤로그 ························· 17

1 하루하루,
    최선을 다해 살고 있습니다

80살까지만 살고 싶어요 ················· 23

이걸 왜 쓰고 있는 걸까요 ················ 26

나와 약속을 했습니다 ················· 33

숙제와 숙제 검사 ·················· 36

사전연명의료의향서 ················· 39

통증을 아십니까? ·················· 43

집을 나왔다. 집으로 다시 들어왔다 ·········· 50

병원 가는 날 ···················· 54

너무나 경제적인 이유와 선택 ············· 58

말기 암 환자가 되고 달라진 점 ············ 66

오늘 밤엔 살고 싶다 · 69

마지막 생일 · 74

단식 · 77

관장 · 82

시한부의 좋은 점이라고 할 만한 게 있을까? · · · · · 86

당신이 암에 걸리지 않았으면 좋겠습니다 · · · · · · · 89

2 반 짝 거 렸 던 날들

다이어리를 선물하고 싶어요 · · · · · · · · · · · · · · · · · 97

미련이 있냐고요? · 101

후회하고 있어요 · 105

내가 사랑한 여행 · 108

의사가 아니어도 괜찮겠다 · · · · · · · · · · · · · · · · · 114

런던 라이프 · 122

스물세 살에 피웠던 꽃 · · · · · · · · · · · · · · · · · · · 128

다음 생에 잘하고 싶은 일 · · · · · · · · · · · · · · · · · 133

3 그럼에도 고맙습니다

당신의 글은 누군가의 삶을 바꿀 힘이 있다 ···· 141

추천 도서 목록 ································· 145

살고 싶은 순간들은 너무 많지요 ············· 149

그런데도 감사한 것들 ····················· 153

나의 조카 봄이 ···························· 158

가장 미안한 사람 ························· 163

그러니까, 가장 좋아하는 연예인은 ··········· 167

나의 친구들 ······························· 170

제발 업보라고 말하지 마세요 ················ 177

노란색 라이언 비닐 봉투 이야기 ············· 179

신께 드리는 당부 말씀 ····················· 186

내 장례식에 못 올 가능성이 큰 당신에게 ······ 190

에필로그 ································· 196

하루 24시간을 100세 인생으로 치환해보니, 내 인생은 오
전 9시가 끝이라고 한다. 오전, 오후, 저녁과 밤이 남아있는데,
차가운 새벽이 물러가고 아침을 맞이하자마자 끝이란다. 내
하루는 그렇게 정해졌다고 한다. 설레었는데, 이제 멋진 하루
를 살아내리라 다짐했는데.

도시개발학 분야 세계 최고 권위를 자랑하는 UCL^{University}
^{College London, 유니버시티 칼리지 런던}의 The Bartlett ^{도시계획대학원}으로부터 입
학 오퍼를 받았다. 어깨에 힘이 들어갔다. 다시 영국으로 돌아

갈 생각에 들떠 잠 못 이뤘다. LSE^{The London School of Economics and Political} Science, 런던정치경제대학교에서 석사과정을 하며 머무는 동안 모든 것이 아름다웠던 도시. 그곳으로 돌아간다!

그러던 중 다발성 전이를 확인했다. 생의 의지가 항상 굳건했던 나는 이마저 이겨낼 거라고 믿었다. 한데, 통증과 부정맥을 경험하고서 알았다. 이번엔 나도, 최선을 다해 노력해도 어쩌면 잘 안될지도 모르겠다고.

사실 난 좀 멋있다. 밤새 통증 속에서 뒹굴고 나서도, 일단 새로운 아침에 눈을 떴다면 아픈 몸을 추스르고 일어난다.

스스로 밥을 지어 먹고, 빨래도 하고, 분리수거도 한다. 세상에 태어난 이상 내가 감당해야 할 몫은 항상 존재하고, 그 몫을 다 해내지 못하면 다른 사람들이 힘들어진다는 전제 아래 살고 있다. 같은 맥락에서 어쩌면 누군가에게 내 글이 필요할지도 모른다고 생각했다. 내가 누군가의 글을 찾고 또 찾았던 것처럼.

누군가 말했다. 인생에서 논할 만한 가치가 있는 건 '죽음' 과 '섹스' 뿐이라고. 또 누군가는 말했다. 죽음 앞에 서 있는 사람의 말을 귀담아들으라고. 그들은 진실을 말하니까.

어쩌면 나는 살 것이다. 그렇다면, 세상엔 기적이란 게 분명 존재한다는 걸 믿길 바란다. 어쩌면 나는 죽을 것이다. 그 땐, 죽기 직전까지 주어진 삶을 살아내기 위해 최선을 다했던 이가 있었음을 기억해주길 바란다.

하루하루,
최선을 다해 살고 있습니다

80살까지만 살고 싶어요

80살까지만 살고 싶었다.

모두가 100세 인생을 말하는 시대지만, 나는 진심으로 80살까지만 살고 싶었다. 그런 내게 의사 선생님은 앞으로 3~4개월 남았다고 말했다.

난 아직 80년의 절반도 살지 못했는데…….

내 눈을 피하면서도 꼭 해야 할 말이란 듯, 의사 선생님은 덧붙였다.

"신변 정리를 시작하셔야 합니다."

내 마음보다 늘 남의 마음에 더 집중하며 살아온 나라는 사람. 의사 선생님이 내게 너무 미안해하지 않도록 눈치를 살피며 "네."라고 말한 뒤 진료실을 나왔다.

삶이 계획대로 되지 않는다는 건 사는 내내 경험해 왔지만, 그래도 이건 너무 하잖아……?!
그래도 주저앉아 울지는 않았다. 주저앉아 우는 건 자주 해봐서 너무 식상했다. 지갑을 잃어버렸을 때, 시험에 떨어졌을 때, 남자 친구랑 싸우거나 헤어졌을 때 등등. 이건 그런 부류의 일이 아니다.

"일을 그만두시고, 신변 정리를 시작하셔야 합니다."

이 문장이 귀에서 무한반복으로 재생되고 있었다. 일을 그만두는 건 잘할 수 있겠는데, 신변 정리는 어떻게 해야 하는 거지?

누구도 내게 신변 정리를 어떻게 해야 하는지 알려준 적이 없다. 부모님께 전화해서 물어볼 수도 없고 말이다. 인터넷에 신변 정리라고 검색하니 자살 관련 글만 잔뜩 나왔다. 단 한순간도 생각하기 싫은 일이라 검색창을 닫아버렸다.

묻거나 찾아볼 게 아니라 스스로 뭐라도 끄적여 봐야겠다고 생각했다. 머리 좋은 친구들이 머릿속으로 생각하고 판단해서 결론을 도출해내는 것과 달리, 나는 늘 종이와 펜을 앞에 두고 이것저것 쓰거나 그려야만 생각이 앞으로 나아가곤 했다.

이면지에 '나는 지금 뭘 해야 하는 걸까?'라고 썼다.
지금의 글쓰기, 나의 이야기의 시작이다.

이걸 왜 쓰고 있는 걸까요

시한부 선고를 받은 그 날 즉시 글을 써 내려간 건 아니었다. 주저앉아 울지 않았다고 해서 방황하지 않은 것은 아니었으니까. 아무리 쓰고 싶다 해도 쓸 만한 여력이 있어야 하는데, 새로운 통증을 마주하고, 받아들이고, 그것을 글로 풀어내기까지 한참 걸렸다.

시한부 삶을 선고받은 자에게 닥친 것이 죽음이 아니라 '통증'인 이유는 뒤에 설명할 기회가 있을 것이다. 요약하자면, 앞으로 매 순간 극심한 고통에 시달릴 것이고, 그 고통의 강도란 것이 매일매일 더 심해질 거라는 걸 수용하기란…… 살면서 부여받은 어떤 미션보다 힘겹고 어려웠다.

게다가, 긴 사유 끝에 도달한 깨달음이라든지 세상에 남길 말을 고심해서 고르는 것보다 당근마켓 앱을 켜고 클릭하는 일이 훨씬 쉬웠다. 그렇게 일도 그만뒀고, 급매로 싸게 집도 팔았고, 쓸 만한 건 나눠주고, 버릴 건 버렸다. 물론 아직 많이 남아 있다.

하루하루 시간은 흐르고 몸은 더 망가져 가는데, 그다지 중요하지 않은 일들 언저리만 계속해서 서성였다. 죽고 나면 어차피 누군가가 다 알아서 해줄 일들. 그렇게 시간을 방치해 두다가 불현 듯 '지금 할 수 있는 의미 있는 일' 찾기에 돌입했다.

'지금 하고 싶은 일'이 아니라 '지금 할 수 있는 의미 있는 일'이었던 이유는, 하고 싶은 일을 찾고 그것을 실행에 옮기는 방법을 잊어버렸기 때문이다.

하루하루 시간은 흐르고 몸은 더 망가져 가는데

그다지 중요하지 않은 일들 언저리만 계속해서 서성였다.

죽고 나면 어차피 누군가가 다 알아서 해줄 일들.

그렇게 시간을 방치해두다가 불현 듯

'지금 할 수 있는 의미 있는 일' 찾기에 돌입했다.

그날 해야 할 일에 집중하고, 어떻게 하면 이 일들을 효율적으로 처리할 수 있을까,에 몰두하던 습관을 장점이라 여기고 살았다.

그 결과, '지금 하고 싶은 일'이라는 질문 앞에서 벌 받는 아이처럼 고개를 푹 숙이고 서 있는 사람이 되었다. 그러나, 이마저 깊이 생각할 겨를이 별로 없었다.

시한부 선고를 받았다는 것을 지인들에게 말하지 못했다. 아니, 안 했다. 내 이야기의 클라이맥스도 아닌, 도입 부분부터 나올 소란스러운 반응에 미리부터 숨 가빴기 때문이다.

누군가는 나보다 더 크고 더 서럽게 울 것이다. 그리고 난 정말로 '안' 괜찮은데, 시간만 나면 카톡으로 전화로 '괜찮냐'고 물어볼 게 뻔했다. 그렇게 되면 닳을 대로 닳아서 별로 남지 않은 내 안의 작은 평정심마저 사라지고, 얼마 없는 시간을 다른 이의 감정과 생각에 집중하고 말겠지. 내내 그래 왔던 것처럼.

세계 여러 나라에서 살면서 잦은 만남과 헤어짐을 경험했다. 작별 인사는 짧을수록 좋았다.

자, 그래서. 지금 내가 할 수 있는 의미 있는 일은 뭐가 있을까?

먼저 지금 할 수 있는 일들을 써보았다. 그다음 의미 있는 일들을 썼다. 둘의 교집합을 찾으면 될 것 같았다. 쓰다 보니, 기력 없는 말기 암 환자의 라이프 스타일 자체가 장벽이었다. 순간순간을 모아 겨우 하루씩 살아내는 자가 할 수 있는 일이 별로 없었다. 나의 경험, 느낌, 생각을 글로 남기는 것 외에 뭘 더 할 수 있을까? 그래서 결론지었다.

지금 당장 내가 할 수 있는 일, '쓰는 일'이 의미 있는 일이 될 수 있게 하자. 거창하게 의미 있는 일을 찾으려고 시간이랑 씨름하지 말고.

덧붙여, 내 부재가 당혹스러울 이들에게 글을 남기고 싶었다. 당신들을 사랑하지 않아서 미리 작별 인사를 하지 않은 게 아니라고. 조용한 사람이라 소란스러운 긴 이별이 두려웠다고. 누군가의 마음에 짐이 되는 게 너무나도 싫었다고.

고백하건대, 나는 살면서 마음을 준 이가 많지 않은 외로운 사람이었다. 그런 내게 당신들은 표현할 길 없이 소중한 인연이었다. 그러니 내가 없더라도 당신들을 위해 쓴 내 글을 읽으며 조금은 덜 외로웠으면 좋겠다.

나와 약속을 했습니다

첫째, 절대 스스로 생을 포기하지 않을 것이다.

이는 가족을 향한 내 사랑이다. 자살한 이의 남은 가족이 심각한 트라우마를 겪는다는 이야기를 책에서 읽은 적이 있다. 실제 보기도 했다. 친동생이 자살한 친구였는데, 그는 "내가 조금만 더 신경을 써줬더라면……." 하고 자책하곤 했다. 친구는 매일 그렇게 스스로에게 묻고 죄책감을 느끼며 살고 있으리란 생각이 들었다.

내게 가장 친절했던 이들의 삶이 나로 인한 죄책감과 무력

감으로 채워지는 걸 원치 않는다. 그러므로 내게 주어진 생의 마지막 순간까지 살기 위해, 살아 내기 위해 최선을 다할 것이다.

둘째, 끝까지 스스로 걷고 움직일 수 있도록 노력해서 가족에게 짐이 되지 않도록 하겠다.

안다. 자신할 수 없는 일인걸. 하지만 너무나도 간절히 원한다. 제발 가족에게 짐이 되지 않기를. 있더라도, 부디 짧은 기간이기를.

고통 속에 시간을 들여 천천히 해야 한데도, 아직 스스로 밥을 차려 먹을 수 있고, 혼자 씻을 수 있고, 화장실에 갈 수 있음에 감사한다. 말기 암 환자들 중, 병원 대신 집에서 일상생활을 하다가 임종 2~3일 전에 자리에 눕고, 비교적 고요하게 죽음을 맞이하는 경우가 꽤 있다고 들었다. 나의 마지막도 그러했으면 좋겠다. 약속은 많으면 지키기 어려우니까 이렇게 두 개만. 나중에 기분 좋으면 하나쯤 더 추가할지도 모르겠다.

라고, 예전에 써둔 글을 읽었다. 다발성 전이. 심장엔 물이 차 있고, 폐 여러 부위에 암이 퍼져있으며, 등이랑 가슴이 아픈 건 뼈에 전이가 돼서 그런 거라고 한다. 매일 예측하기 힘든 통증이 "이래도 네가 너와의 약속을 지킬 수 있겠어?" 하고 시험하는 것만 같다.

매사 잘 참고 견뎠다. 인내와 끈기 하면 나였다.

근데 자꾸만 자신이 없어진다.

사실 내가 두려운 건 죽음 같은 게 아니다.

매일 조금씩 진행되는 나에 대한 믿음의 상실,

자신감의 상실 같은 것이다.

숙제와 숙제 검사

각자 자신만의 숙제를 받고 태어나는 것 같다. 내가 부여받은 숙제는 타인을 살리는 삶을 살라는 것. 논리적으로 설명할 순 없지만, 직관이 발달한 나는 어려서부터 그렇게 느꼈다.

그래서 의사가 되고 싶었다. 결과적으로 의사는 못됐으나, 의사가 되기를 간절히 바라고 준비하는 과정에서 사람을 살리는 다양한 방법이 있다는 걸 알았다.

영특하거나 지혜롭지는 않아도 인내와 끈기를 바탕으로 늘 성실하게 숙제를 했다. 남들보다 늦었지만 새로 생긴 꿈이 마음에 들었다. 힘은 들어도 뜨거운 가슴으로 의미 있는 일을 하는 내가 퍽 자랑스러웠다. 내심 자신이 있었다고나 할까.

이제 박사과정만 남은 줄 알았다. 2020년 2월, 의사 선생님을 만나기 전까지는.

다발성 전이. 말기 암. 시한부.

올해 새로 받은 숙제는 감당하기가 너무 힘들어서 요리조리 피했다. 하지만, 결국 매일 밤 진실을 마주한다. 숙제 검사는 피할 수 없다는 것을.

나만의 방식으로 또박또박 숙제하고 있다. 오늘은 영정사진을 준비했다. 아버지를 전이성 폐암으로 떠나보낸 분의 글을 읽은 뒤였다. 장례식에 쓸 적당한 사진을 구하기 힘들 수도 있고, 액자를 병원에서 사면 턱없이 비싸니 미리 준비하는 게 좋단다.

인터넷으로 인화지와 영정사진용 액자를 주문하고,

인화지가 배송되자마자 가장 최근 증명사진을
크기에 맞게 출력해서 액자에 넣었다.

까만 프레임 속 내 흑백사진이 낯설기 그지없다.

사전연명의료의향서

여러 번 입 밖으로 말해 봐도 입에 달라붙지 않는 '사전연명의료의향서'라는 것을 작성하려고 국민건강보험공단에 갔다. 하필 점심시간이었다. 한 시간을 기다려야 한단다. 번호표를 받고 담당자 자리 앞에 앉았다. 다이어리를 펴고 다음에 뭘 해야 할지 적어가며 기다렸다.

"보통은 노인분들이 신청하러 오시는데……." 담당자가 말 끝을 흐렸다.

의도한 건 아닌데 놀라게 했군요, 미안해요.

사전연명의료의향서는 응급상황에 필요한 인공호흡기 사용, 제세동기 사용 등에 관한 자신의 의견을 미리 작성해두는 것이다. 정말 응급 시에는 스스로 어떠한 판단을 내릴 수 없는 경우가 많으니까. 한국은 안락사, 존엄사를 법적으로 허용하지 않는다. 그러니 말기 암 환자의 입장에서 생각해보면, 사전연명의료의향서 작성은 내가 나의 죽음에 행사할 수 있는 최고의 결정권이다.

절대 인공호흡기, 심장제세동기를 사용하지 말라고 썼다. 담당자는 향후에도 선택을 취소, 변경하는 게 가능하다고 거듭 말했다.

당장 죽을 위기에 처했거든 애써 살리지 말아 주길 바란다. 멈춘 심장을 억지로 다시 뛰게 하고, 끊긴 숨을 억지로 다시 이어붙이고, 그렇게 부득부득 나의 삶을 연장하고 싶지 않다. 그저 주어진 시간만큼만 지내다 가고 싶다. 그게 내가 생각하는 순리다.

그런데, 이건 또 무슨 소리? 만약 사전연명의료의향서가 적용되지 않는 병원에 실려 가면 내 의견이 충분히 반영되지 않을 수도 있단다.

놀라웠다. 세상에나, 이렇게 허술하다니! 그럼 내 뜻대로, 순리대로 임종하기 위해서는 응급상황에서조차 맘 놓지 못하고, 사전연명의료의향서를 적용하는 병원에 실려 가기를 기도해야 한단 말인가?

의향서를 작성하면 3주 안에 등록한 주소로 카드가 배송된다. 내 지갑 가장 잘 보이는 자리에 사전연명의료의향서 등록 카드가 꽂혀있다.

만약 내가 응급상황에서 누군가에게 발견된다면, 이 카드도 꼭 함께 발견되기를. 응급처치로 다시 살아나서, 나를 살려낸 의료진에게 이 카드를 직접 제시하며 따지는 일은 없기를. 하하하, 웃자고 해본 말이다.

귀하께서 작성하신 사전연명의료의향서는
보건복지부 지정 국립연명의료관리기관에서
보관하고있습니다.

국가생명윤리정책원 연명의료관리센터
서울 중구 남대문로 113 DB 다동빌딩 4층
www.lst.go.kr (문의. 1855 -0075)

안락사, 존엄사를 법적으로 허용하지 않는 한국에서

사전연명의료의향서 작성은

내가 나의 죽음에 행사할 수 있는 최고의 결정권이다.

절대 인공호흡기, 심장제세동기를 사용하지 말라고 썼다.

통증을 아십니까?

아 ㅆㅂ, 진짜 ㅈ 같네.

새벽 4시 37분. 결국 내 입에서 터져 나오고 말았다. 똑바로 누워서 잠드는 것을 포기하고, 무릎을 꿇고 몸을 최대한 웅크린 자세로 머리를 바닥에 붙이고 엎드렸다. 이게 다른 자세보다 조금 낫다는 것이지 결코 편안하단 건 아니다. 버텨줘야하는 양팔의 힘이 금방 빠져나가고, 접힌 다리에서 쥐가 났다. 그러면 후~ 하고 숨을 내뱉으며 다른 자세를 찾아야 했다.

원래 욕을 안 하는 사람이었다. 욕이 그냥 싫었다.

내 입에서 나오는 것은 나를 적나라하게 드러내는 지표의 하나라고 여기던 것도 있고. 그러나……

암성 통증을 설명하자면 욕 없이는 불가능하다.

처음 통증이 찾아왔을 때 나는 겁먹지 않았다. 매사에 잘 참는 사람이었고, 통증 세계에 막 들어선 하룻강아지였으니까. 뭘 알아야 무섭지.

하지만, 앉아도, 누워도, 이리 누워도, 저리 누워도, 벽에 기대도, 엎드려도 해결되지 않는 미쳐버릴 것 같은 진정한 통증을 경험하고 난 뒤, 나는 두려워졌다. 내가 이렇게 말해도 경험해보기 전에는 이해하기 어려우실 거라 생각한다. 제가 그랬으니까요.

밤 12시. 예전의 나라면 다이어리를 펴고 오늘의 to do list를 적으며, 더욱 효율적인 하루를 계획하고 있을 하루의 첫 시간. 나는 마약성 진통제를 삼킨다. 그렇지 않으면 통증 때문에 똑바로 눕기조차 힘들다. 뭘 모를 땐 마약성 진통제만 먹으면

제어될 줄 알았는데, 실전에 돌입해보니 그렇게 간단치가 않다. 참을 수 없는 통증과 견딜 수 있는 통증으로 구분되는 진통제 전후의 상황이 두렵고, 무엇보다 변비, 구토증, 가려움증, 어지럼증, 졸림과 불면증 등 다양한 부작용을 견뎌야 한다.

여기서 말하는 어지럼증은 누워있어도 $360°$ 빙글빙글 도는 느낌이다. 체한 듯 구토증도 따라붙는다. 졸림. 단순한 이 두 글자는 장소나 의지에 상관없이 갑자기 기절하듯 잠드는 증상을 말한다. 항상 꾸벅꾸벅 졸거나 잠이 들어 있는 기면증과 유사하다. 약을 먹은 후 갑자기 온몸이 가려운 증상도 나타난다.

얼굴의 경우 건선처럼 올라온다. 긁다 보면 진물이 나고 피도 난다. 통증 때문에 잠을 잘 수 없어서 먹었는데, 정신이 말짱해지면서 불면증으로 고생하거나, 잠이 들었다 깨기를 반복하면서 무서운 장면을 보거나 소리가 들리는 공황장애 증상을 경험하기도 한다. 오늘은 눈 앞에서 폭탄이 터졌다. 겨우 20분 잤는데…….

보통 이런 것들은 일주일만 지나면 적응이 된다고 쓰여 있는데, 나는 적응이 잘 안 되는 사람인가 보다.

　그래도 약을 먹고 난 뒤 한 시간 정도 지나면 똑바로 누울 수는 있게 된다. 대신 몽롱한 가운데 모든 것을 내려놓아야 한다. 내 삶의 주도권을 빼앗긴 것만 같다. 그 느낌이 싫어서 고통으로 방바닥을 뒹굴지 않는 이상 낮에는 먹지 않으려고 노력하지만, 약을 먹고 말고는 더는 선택의 문제가 아니기에 그저 받아들인다. 다음 날 더 큰 통증과 짜증이 멈추지 않는 피곤함 속에서 살지 않기 위해, 두세 시간만이라도 자기 위해. 오늘도 밤 12시, 마약성 진통제를 챙긴다.

　통증의 형태와 강도는 며칠간 비슷하다가 자꾸 바뀌기를 반복했다. 내가 경험한 통증은 살이 타들어 가는 것 같은, 살을 뜯어내는 것 같은, 심장을 쥐어짜는 것 같은, 송곳으로 같은 자리를 계속 찌르는 것 같은, 찌르던 곳을 파내는 것 같은, 그리고 갑자기 몸의 어떤 부위에서 스파크가 팍팍 튀는 것 같은 유형이다.

혈관이 형성되고 파괴되면서 뭔가가 달라지는 건지, 독소가 퍼져나가서 그러는 것인지, 아니면 암의 크기가 커짐에 따라 바뀌는 것인지, 그것도 아니면 암이 혈관을 타고 돌아다니는 것인지. 어쩌면 나의 통증은 다발성 전이 때문일지도 모른다. 이유는 의사 선생님도 정확히 몰랐다. 모든 암 환자가 같은 양상의 통증을 경험하는 것은 아닐 것이다. 암이 온몸에 다 퍼져도 고통 없이 살다 떠나는, 운이 정말 좋은 경우도 있다고 들었다.

통증이 엄습하면 나도 모르게 이를 악물게 된다. 그래서 양쪽 턱관절도 덩달아 아프다. 이겨낼 수 있다고, 관리할 수 있다고 여겼던 건 내 착각이었다. 통증은 나의 신념을 약하게 만들고, 나를 불안하게 흔들어 놓는다.

코로나19 때문에 집에만 있으면서 통증에 더욱 취약해졌다. 대책 없이 마구 휘둘렸다.

상황을 조금이라도 바꿔보고 싶어 서점에 갔다. 허지웅 작가의 신간을 들었다. 덤덤히 읽어 내려가다가 "단 하루만 통증

없이 잘 수 있다면 평생 머리털과 눈썹이 없어도 상관없었다."
라는 부분에서 눈물이 쑥 나와 버렸다.

　세상 그 누구도 이해할 수 없을 것 같은 나만의 고통이었는데, 나 아닌 누군가도 지금 이렇게 아프다…….

　그건 그거고. 집에 돌아오는 것도 고통의 연속이었다. 폭염에 마스크를 쓰고 있으니 숨도 잘 안 쉬어졌다. 집에 도착해서 기절하듯 잠들었다가 깼다. 살짝 돌아눕는 것도 통증 때문에 힘이 들어서 나도 모르게, 아 ㅆㅂ, 진짜 ㅈ 같네! 누구를 대상으로 하는지도 모를 쌍욕이 자동으로 터져 나왔다.

　진통제로 견딜 수 있지 않냐고? 일부의 통증만 커버할 뿐이다. 앉아도, 이리 누워도, 저리 누워도, 몸을 웅크려도, 펴도 구토할 것 같은 고통. 살이 타들어 가는 것 같은, 살을 뜯어내는 것 같은, 심장을 쥐어짜는 것 같은, 송곳으로 같은 자리를 계속 찌르는 것 같은, 그곳을 파내는 것 같은 고통. 온갖 부작용은 위 단락을 참고하시고.

그래도 반대하는 이들에게 말하고 싶다. 당신들이 이 고통을 경험해 본다며 그런 말 절대 못 할 것이다. 암성 통증으로 고통 받는 말기 암 환자에게 안락사, 존엄사는 허용되어야 한다! 투쟁!

집을 나왔다. 집으로 다시 들어왔다

　다발성 전이를 확인했을 때, 가능한 한 빨리 집을 나가야겠다고 생각했다. 늘 독립적인 사람이고 싶었던 나는 누군가에게 의지하는 것이 싫었다. 여태까지 그래왔던 것처럼 꼿꼿이 자존감을 지키며 죽으리라. 그게 첫 번째 이유였다.

　가족에게 짐이 되는 것도 싫었다. 내 상황을 알게 되면 항암 등을 강력히 권할 게 불 보듯 뻔했다. 연약한 내 가족. 불투명한 미래를 위해 가진 모든 것을 쏟아붓는 너무나 비경제적이고, 비합리적인 선택을 할 사람들. 그걸 막아야 했다.

다른 이유도 있었다. 같이 살다가 내가 죽으면, 내 방과 흔적을 보며 엄마 아빠는 과연 제대로 살 수 있을까? 죽어가는 과정, 고통스러워하는 과정을 오롯이 다 보여주는 것보다, 좀 당황스럽긴 해도 자취방에서 혼자 조용히 임종한 뒤, 가족에게 발견되는 게 낫지 않을까?

직장을 핑계로 집을 나왔다. 매일 밤, 마약성 진통제를 먹을 때마다 오늘이 세상을 떠나는 그날일까? 하며 자리에 누웠다. 그러던 어느 날. 아침에 눈을 떴는데, 왼쪽 몸이 잘 움직여지지 않았다. 오직 죽음, 끄트머리만 생각하던 나에게 마비가 올 수도 있다는 걸 알게 되었다.

내 임종이 내가 생각한 대로 되는 것이 아니란 것, 어쩌면 생각했던 것보다 더 오랜 시간 고통 속에서 허덕여야 할지도 모른다는 사실이 성큼성큼 다가왔다. 죽음은 그다지 두렵지 않았는데, '마비'라는 변수는 나를 덜덜 떨게 했다.

결국 내 두려움이, 연약함이 내게 말했다. 아무리 싫어도 다른 사람의 도움이 필요하다는 현실을 받아들이라고. 힘들겠지만, 가족에게도 작별의 시간이 필요하다고.

　입대를 앞둔 사람처럼 짧게 자른 머리와 10kg이나 빠진 모습으로 엄마 아빠, 그리고 동생 앞에 나타나 말했다. 회사를 그만뒀고, 지금 내가 많이 아프다고. 진단과 그간의 경과, 현재 경제적 상황, 내가 준비 중인 임종, 내가 바라는 장례에 대해 담담하게 순차적으로 설명했다. 그리고 떨리는 목소리로 덧붙였다. 도움이 필요할 것 같다고.
　그렇게 집으로 다시 들어왔다.

내 임종이 내가 생각한 대로 되는 것이 아니란 것,

어쩌면 생각했던 것보다

더 오랜 시간 고통 속에서 허덕여야 할지도 모른다는 사실이

성큼성큼 다가왔다.

병원 가는 날

엄마는 내가 사춘기 없이 자랐다고 말하곤 했다. 그리 자라 주어 고맙다고. 늘 엄마 아빠에게 좋은 딸 자랑스러운 딸이고 싶었는데, 말기 암 환자가 되어 불효를 저지르고 있다.

오늘은 온종일 병원에 있었다.

나에게 병원이란? 42kg의 앙상한 손목에 약이 잘 들어가도록 굵은 바늘을 꽂고 몇 시간을 덜렁대야 하는 것. 바늘을 빼고 집에 와서도 바늘이 있던 멍든 자리가 욱신거리고 계속 움직이는 느낌이 드는 것.

여기까진 예의를 좀 차린 거고, 병원에 다녀오면 뒷일 생각 없이 단번에 죽는 약을 한입에 털어 넣고 막걸리랑 원 샷 하고픈 기분이다. 머리부터 발끝까지 짜증으로 차곡차곡 빈틈없이 채워져 있다. 누구든 날 건드리면 독화살 같은 말을 받을 줄 알아라! 커피 머신 앞에서 버벅거리던 아빠가 걸렸다.

"아빠, 전에 내가 다 설명했잖아!"

남아 있던 에너지를 실어서 내질렀다. 곧 후회했지만, 미안하단 말은 못 했다. 아까 에너지를 다 써버렸다.

잠시 잠들었다가 늦은 밤에 깼다. 메스꺼움을 견딜 수 없어 공원으로 나갔다. 엄마는 내 열 발자국 뒤에서, 아빠는 그런 엄마의 먼발치 뒤에서 따라 걸었다. 세 번쯤 토할 것 같아서 그만큼 욕을 했다. 배는 고픈데, 먹으면 다 토하니 먹기가 무섭고 먹을 수가 없다. 이런 메스꺼움을 견뎌내는 건 오직 귤. 귤이 이렇게 대단한 음식일 줄 몰랐다.

새벽이다. 엄마가 계속 거실에 있다. 엄마도 무척 피곤했을 텐데, 좀 자야 할 텐데. 나는 느낀다. 조금이라도 내 방 가까이에서 나를 지키고 있는 그녀를. 이게 정말 뭐 하는 짓인가. 엄마 아빠를 너무 힘들게 하는 것 같다.

엄마, 아빠.
진짜……
이래도……
나만 있으면 돼?

이 이상 더 글을 쓰면 눈물이 날 것 같다. 울고 나면 내일이 더 힘드니까 그만 써야겠다.

엄마는 내 열 발자국 뒤에서,

아빠는 그런 엄마의 먼발치 뒤에서

따라 걸었다.

너무나 경제적인 이유와 선택

치료하느라 가진 돈을 다 써버렸는데, 치료는 실패하고 여전히 살아있으면 어쩌지?!

이런 생각을 할 줄은 몰랐다. 암 환자의 통장 잔고가 계속 줄어드는 것. 죽고 사는 것만큼 무서운 일이다.

돈이 있으면 있는 대로, 없으면 없는 대로 맞춰 사는 사람이었다. 돈에 예민한 동생이 말하곤 했다. 돈 모으기를 좋아하는 이들은 다음 행보를 쉽게 예측할 수 있는데 나는 그런 게 없어서 불편하다고. 일확천금을 꿈꿔본 적이 없다. 주식으로 원금이 몇 배쯤 불어났던 날, 다 팔고 주식을 하지 않았다. 내가 벌어들인 만큼 다른 사람이 잃은 것이 아니라 여럿이 나눠 먹을 파이 자체가 커지는 것이라는 설명에도, 마음이 불편했다.

신은 늘 필요한 것보다 부족하게 혹은
아슬아슬하게 어찌어찌 딱 맞출 수 있는 만큼만 허락했다.
그래서 항상 조마조마했다.

부족한 부분은 잠을 줄이거나 열정을 갈아 채워 넣었다. 더 못 가진 데 대한 불평불만은 하지 않았다. 나는 한국에서 대학을 다니는 특권을 누린 사람이니까. 아르바이트를 할 수 있는 성한 몸을 가졌으니까. 부모님도 계시고, 동생도 있고.

나를 행복하게 하는 것, 취미 같은 것을 생각할 여력은 없었다. 그럴 시간에 이력서에 추가할 스펙을 쌓거나, 내 자존감을 해치지 않으면서 시급이 좋은 아르바이트 자리를 구했다.

남들과 다른 참신한 리포트로 매년 장학금을 받았다. 학자금도 조금씩 갚아나갔다. 먹고 싶은 음식은 남자친구에게 사달라고 했다.

참 좋아하고 따르던 선배가 있었다. 그의 결혼식 날, 나는 축의금 낼 돈이 없었다. 내게 시를 나누어주며 지혜가 담긴 말을 해주던 존재에게서 외면받을 줄은 몰랐다.

참 예뻐하던 동생도 있었다. 부산에 있을 때였다. 그녀는 서울에서 열리는 자기 결혼식에 와달라고 했다. 서울에 다녀오자면 왕복 교통비에, 서울에서의 이동 경비, 축의금, 식사비, 숙박비, 옷값 등이 필요했다. 나는 그걸 지불할 능력이 안 된다고 말하지 못했다. 그날 이후 연락하지 않는 사이가 되었다.

미안했고 동시에 비참했다. 그러나, 어찌해도 돈이 부족했던 나는, 자존감을 지키기 위해 돈이 없다는 걸 들키지 않는 방법을 터득했다.

이런 내게, 암은 가진 돈을 전부 까먹고, 가족의 돈까지 다

쓰게 만들고, 소중한 이들에게 살고 싶다고 울고불고 매달리며, 감당하기 벅찬 빚까지 떠넘기고 떠나게 되는 후레자식 같은 병이었다. 제대로 시작도 못 해본 내 동생의 인생, 내가 그 앞길을 막을 순 없었다.

그래서 암을 확인한 날, 나는 가족들에게 치료를 받지 않겠다고 선언했다. 다시 KOICA 봉사단 매니저로 일하고 있던 미얀마로 돌아가겠다고.

동생과 크게 싸웠다. 전형적인, 무뚝뚝한 경상도 남자인 그 아이에게 구구절절 눈물 없이 한 줄도 읽어갈 수 없는 메일도 받았다.

보통 이럴 때 내가 잘 쓰는 방법은 '니가 뭘 알아' 전략이다.

나는 물었다.
나보다 그 병에 대해 잘 아는 사람 있냐고.
관련 책을 몇 권이나 읽어봤냐고.
나를 위해 한 권이라도 사서 읽어 봤느냐고.
나는 도서관에 가서 30권 이상 쌓아 놓고 읽었다고.

다들 할 말을 잃었고, 나는 미얀마로 돌아가 묵묵히 하루하루를 살았다.

그러다 한국으로 후송되어 왔다. 다행히 산정 특례라는 제도의 지원을 받아 5년 동안 치료비의 5%만 내면서 병원에 다녔다. 부족한 부분은 엄마가 들어둔 보험으로 처리했다. 병원을 다니면 병원비, 약값만 드는 게 아니다. 교통비, 숙박비, 식사비, 조력자 동행 비용, 간병비, 건강보조식품 구입비 등 예상치 못한 돈이 어마어마하게 든다.

치료를 받는 동안에는 일을 못 하니 통장정리 하기가 무서워진다. 일을 하고 싶어도 대부분 암 환자의 업무능력을 믿지 못하거나 같이 일하기를 꺼린다. 그래서 공부를 더 해야 한다고 판단한 부분도 있었다. 오히려 잘된 일일지도 모른다고. 내가 아니면 안 되는 분야가 있다면, 내가 유일하다면, 암 생존자라도 취업할 수 있을 테니까.

유학을 하면서 그간 모아둔 돈을 다 썼다. 그땐 암도 관리만 잘하면 되는 줄로 생각했다. 전도유망한 나라고 여겼으므로 불안하지 않았다. 학위만 마치면, 그래서 일을 한다면 돈은 충분히 벌 수 있을 테니.

그 무렵 다발성 전이를 확인한 것이다. 다시 런던으로 돌아가 공부하려던 꿈을 접어야만 했다.

암 환자라는 것을 밝히지 않고 취업을 했다. 그러다 일을 그만두고 부모님 집으로 다시 들어간 내게, 동생이 돈이 필요하냐고 물었다.

"아니, 충분해. 걱정 마."

동생이 답했다.

"충분했으면, 누나가 전이를 확인하고도 일을 했겠나."

나만 믿어. 엄마 아빠 노후는 내가 책임질게.

늘 속으로 다짐했던 말.

그 다짐이 실현되어야 할 미래가 사라져버렸다. 죽으면 돈 같은 거 쓸데없는 말기 암 환자인 나는, 이렇게 죽음 앞에 선 순간까지 돈을 생각하고 있다.

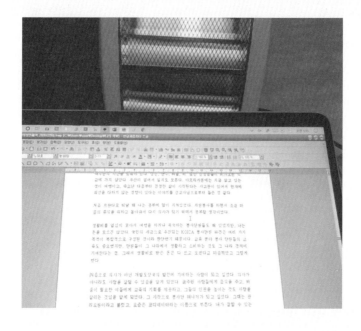

동생이 돈이 필요하냐고 물었다.

"아니, 충분해. 걱정 마."

동생이 답했다.

"충분했으면, 누나가 전이를 확인하고도 일을 했겠나."

그러던 중 출판계약을 하게 되었다. 계약서에 행여 실수라도 할까 봐 여러 번 물으며 조심스럽게 사인했다. 특이사항으로 인세는 부모님 계좌로 보내 달라고 부탁했다.

독자들에게 사랑받는 책 만들게요. 편집장이 약속했다.

그럼 우리 엄마 아빠, 인세 많이 받을 수 있겠네…… 기쁘다. 뭐라도 해줄 수 있는 게 있어서. 오랜만에 희망과 설렘이 나를 채웠다.

말기 암 환자 환자가 되고 달라진 점

철이 들고, 삶에 대한 책임을 인지한 이래 가장 불성실한 날들을 보내고 있다. 매일 한 편의 글을 써야지! 하고 마음먹으면, 그날 잠들기 전까지 무슨 일이 있어도 꼭 쓰고야 마는 사람이었다. 잘 쓰든 못 쓰든 길든 짧든. 브런치에 암 투병기를 올리면서도 하루에 하나는 써야지! 생각했었다.

그러나, 그렇게 굴러가지는 않았다.

가까운 미래든 먼 미래든 늘 계획부터 세우던 나였는데, 이제 더는 그러지 않는다. 하루가 끝나고 자리에 누울 때면 삶이 끝난 듯이 눕는다. 부디 저를 축복하셔서 오늘 밤 고통 없이 잠든 사이에 떠나게 해달라고 기도하면서……. 그러다 다음 날 아침 눈을 뜨면 모든 것이 새롭게 다시 시작된다. 화장실을 다녀오고, 몸무게를 재고, 물을 마시고. 그렇게 주어진 하루를 담담히 산다.

전에는 사소한 것 하나까지도 원하고 노력하고 기도했는데 이제 큰 바람이 없어졌다. 기적처럼 살게 해 달라고, 건강하게 해 달라고 기도하지 않는다. 그저 오늘 통증이 좀 덜했으면, 오늘 밤 잠결에 고통 없이 떠날 수 있다면, 하는 정도다.

이마저도 욕심일까?

안 하던 맛집을 찾아다닌다.

먹는 것에 관심이 별로 없었다. 가난한 유학생일 때 생활비를 아끼느라 못 먹었던 것, 바쁜 직장인일 때 시간이 없어서 못 먹었던 것, 처음 암 환자가 되고 나서는 식이요법을 하느라 못 먹었던 것들을 검색한다. 그날 기분에 따라 가까운 맛집을 예약하거나 시간이 있는 가족과 함께 가서 먹는다.

맛있는 음식을 먹으면서 속으로 울 때도 있다. '이것저것 참느라 내 일생을 다 써버린 느낌이다. 바보같이.'라고 생각하면서.

책을 좋아하지만, 돈을 아끼려고 도서관과 서점을 열심히 이용했다. 이제는 그냥 온라인 서점에서 사서 읽는다. 그렇게 이런저런 죽음 관련 책을 읽다 보니, 새로운 것들도 생각해보게 된다.

스스로 예쁘다고 여기며 살았을 땐 내 영혼에 크게 관심이 없었다. 요즘은 내 영혼은 어떤 모습일지 궁금하다. 그 영혼이 조금이라도 더 아름답기를 바란다. 어떻게 하면 내 영혼은 좀 더 나은 모습이 될 수 있을까? 난생처음으로 뭐 이런 게 궁금하다. 시간이 많지 않다는 것은 사람을 변하게 한다.

오늘 밤엔 살고 싶다

한 의자를 18년간 썼다. 새것을 안 사려고 버티고 버텼다. 살이 10kg 이상 빠졌다. 뼈와 의자가 부딪히는 느낌이 몹시 추운 날 얼음을 씹어 먹는 것 같았다.

어쩔 수 없이 엄마랑 이케아에 갔다. 유난히 푹신한 1인용 소파를 샀다. 평소 같았으면 때 탄다고 고르지 않았을 샛노란 컬러로. 가격, 내구성, 가성비 등 오래 고민하고 비교해서 고르던 나만의 쇼핑 원칙도 잊고 즉시 결제했다.

아울렛에 들러 새 트레이닝 바지도 골랐다. 살이 빠진 내게 딱 맞는 핏으로. 비싼 거로.

　자기보다 타인의 시선을 중요시하며 살아온 엄격한 우리 엄마. 노란 소파를 차에 실은 뒤, 반납하는 카트에 나를 태우고 씽씽이를 해주었다.
　우리 딸, 재미있어? 하고 묻는 듯 힘껏 밀어주었다. 전에도 이렇게 해줄 수 있었는데, 하는 눈빛으로 나를 봤다.
　어려서 아이보리색 다운 점퍼를 사고 싶다던 내게 때 탄다고 짙은 카키색을 골라줬던 우리 엄마. 값비싼 샛노란 일인용 소파를 고른 내게, 빨간색도 사라고 말했다.

　내게 딱 맞는 편안한 트레이닝 바지를 입고 내 몸이 쏙 들어가는 안락하고 포근한 의자에 앉았다. 약 기운 때문인지 바지와 의자가 말을 걸어왔다.

　"우리 완전 마음에 들지? 근데 그동안 왜 싼 것만, 검은색만 샀어? 마음에 안 드는데 왜 마음에 드는 척, 그냥 대충 살았어?"

나는 말했다.

"조용히 좀 해. 그땐 나도 그럴만한 이유가 있었다고."

문득 오늘 밤엔 죽으면 안 되는데, 하는 생각이 들었다.

저 오늘 밤엔 안 데려가시면 안 돼요?
완전 제 스타일인 의자랑,
저한테 딱 맞는 트레이닝 바지를 샀거든요.
하루만 쓰고 죽으면 너무 아깝잖아요.

그날 밤, 평소와 다른 기도를 드리며 잠이 들었다.

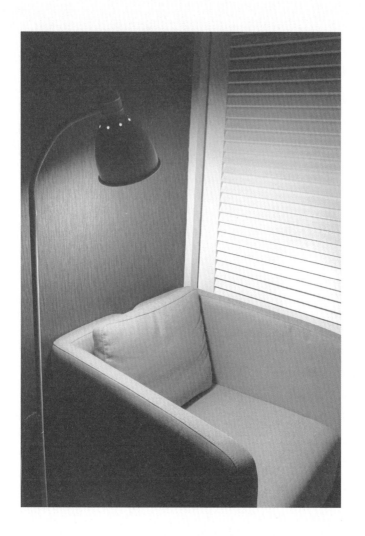

"저 오늘 밤엔 안 데려가시면 안 돼요?

완전 제 스타일인 의자랑,

저한테 딱 맞는 트레이닝 바지를 샀거든요.

하루만 쓰고 죽으면 너무 아깝잖아요."

마지막 생일

마지막이 아니길 바라지만, 마지막이라는 걸 직감하는 순간들이 있다. 내 생의 마지막 생일처럼.

아침부터 가족들이 생일 축하한다는 카톡 메시지와 돈을 보내왔다. 그 돈으로 한살림과 자연드림에서 장을 보고 돌아와 점심을 먹었다. 움직이는 게 힘들다. 그러나, 지금 움직이지 않으면 하루가 더 엉망진창이 된다는 걸 안다.

마음이 몸을 끌고 집을 나서느라 늘 애쓴다.

서점에 갔다. 요즘은 20분만 책을 읽어도 구토증이 올라와 참기 힘들었는데 무려 40분이나 읽었다. 신께도 감사의 마음을 전했다. 그래도 40분 이상은 무리였다. 쉴 겸, 근처 카페로 갔다. 내일 지구가 멸망한다 해도 오늘 한 그루의 나무를 심겠다는 이의 말처럼, 때늦은 글쓰기를 시작한 나는 오늘도 글 생각이다.

내 글을 남길 공간으로 브런치가 마음에 들었다. 작가 신청을 하기 위해 글을 쓰다가 한 시간을 내리 울었다. 처음엔 그저 담백하게 말기 암 투병에 관해서 이런저런 글을 쓰려고 했는데, 가족들에게 쓰는 편지글에 이르러서 그간 참아왔던 내 안의 어떤 슬픔이 예상치 못 한 통증처럼 치고 올라왔다. 눈물 콧물이 테이크아웃 컵의 오분의 일은 채울 수 있을 정도로 나와 버렸다. 진이 빠질 대로 다 빠져버렸고, 통증에 대한 인내심도 닳을 만큼 닳아버렸다.

글이 슬픈가. 내가 슬픈가.
엄마가 슬픈가…….

그다음부터는 절제를 잃은 사람처럼 행동했다. 그간 먹으면 안 된다고 생각했던 것들, 잘 참아왔던 것들을 그냥 마구 먹어버렸다. 달고나, 자몽 에이드, 아이스크림, 온갖 스낵들. 집에 돌아와서는 오전에 장 봐온 것들을 남김없이 먹어 치웠다.

머리로는 알고 있었다. 이러면 안 된다는 걸. 그러나 때론 참을 수 없는 무언가가 인생이라는 것도 이제는 안다.

그렇게 살기 싫으면서도 그렇게 사는 사람들을 이해하게 되었다. 술을 끊고 싶은 알코올 중독자의 마음, 마음이 허해서 폭식과 충동구매를 한다던 이의 마음, 강해지고 싶은데 강할 수 없는 연약한 마음. 이전에는 이해하기 어려웠던 삶의 모습들이다.

나는 그 시절, 내 삶을 변화시킬 수 있는 환경 속에서 살았고, 운이 좋았던 것뿐이었다.

눈물도, 식욕도 참을 수 없었던, 너무나 인간적인 내 마지막 생일이었다.

단식

'하루 1달러로 살아보기', '기아체험' 프로그램을 통해 한 끼 혹은 하루 정도 식사를 걸러본 적은 있었지만, 마음먹고 준비해서 시도한 건 아프고 나서였다. 간헐적 단식은 꽤 오랫동안 했고(다이어리를 열심히 쓰던 사람이라 찾아보면 나올 텐데, 이제는 그런 것도 피곤하다), 녹즙 단식 10일, 포도 단식 6일, 생수 단식 2일을 경험해 보았다.

○ 간헐적 단식
위장을 16시간 정도 공복 상태로 두는 방법이다. 공복 상태에서 해독이 된다고 한다. 정오에 식사를 하고, 오후 5~6시에 음식을 조금 먹고 유지. 간헐적 단식에 좀 익숙해지고 나서는 하루에 한 끼를 먹는 1일 1식으로 바꿨다. 꾸준한 간헐적 단식으로 54kg에서 49kg가 되었다. 이때는 통증이 없어서 할 만 했다. 몸이 가벼워지고 속이 편안한 느낌이 들었다.

○ 녹즙 단식

10일 동안 49kg에서 시작해서 44kg가 되었다. 녹즙 단식은 끼니때마다 케일, 상추, 브로콜리, 샐러리 등을 짜서 생즙을 먹는 것이다. 단식을 할 때는 매일 한두 차례 관장이 필수다. 특히, 커피 관장을 할 때는 녹즙을 반드시 마셔줘야 한다. 관 장은 우리 몸의 나쁜 것을 빼내지만, 좋은 것도 함께 빠져나갈 수 있기 때문이다.

○ 포도 단식

6일 동안 44kg에서 39kg가 되었다. 살을 빼는 게 목적이었 으면 신났을 텐데. 6일째가 되니 기력이 없어서 일어나기도, 걷기도 너무 힘들었다. 입이 바짝바짝 타는 느낌도 있었다. 살이 너무 빠지니까 손목에서 못 보던 혈관이 툭툭 도드라져 튀어나왔다. 단식하면서 본인 몸무게의 10% 이상 살이 빠지면 위험하다는 글들이 자꾸 눈에 들어왔다. 더는 지속할 수 없다고 판단했다. 쓰러질 것 같은 어지럼증에 중단했고, 보식을 통해 43kg이 되었다. 장기간의 포도 단식을 계획하며 단식하는 도중 유기농 포도가 안 나오면 어쩌나, 했던 걱정이 우스웠다.

　○ 생수 단식

　최근에 이틀 동안 했고, 43kg에서 42kg으로 감량했다. 단식할 때마다 느끼지만, 들어가는 게 없는데도 몸에서 뭔가 나올 게 있다는 것이 신기하다. 단식 기간에도 가벼운 운동은 필수라는데, 밖이 너무 춥고 기력이 없어서 방안에만 있었다. 미열이 났고, 방광염, 한 번의 부정맥이 있었다. 온몸이 너무 많이 아팠다. 여기가 통증의 끝일 거야, 라고 넘겨짚었다가 이보다 더 아플 수 있구나, 라는 생각을 했다.

　그건 그렇고. 단식은 보식과 한 세트다. 어느 면에서는 단식보다 보식이 더 중요하다. 보식에 실패하면 이전에 갖고 있던 질병이 더 악화되기 때문이다. 단식 기간이 끝나고 뭔가를 먹기 시작하면 그동안 못 먹은 음식에 대한 욕구가 걷잡을 수 없이 밀려온다더니, 정말 그랬다. 입에 음식이 들어가기 시작하자 미친 듯이 이것저것 다 먹고 싶었다. 과일 100g을 먹기로 계획해놓고, 순식간에 400g을 먹고 있는 나를 발견하기도 했다. 보식 기간은 보통 단식 기간의 2~3배로 잡는다. 보식 기간이 길어서 완주하기 힘든 면이 있다. 소량으로 시작해 천천히 인내심을 가지고 진행해야 한다.

녹즙 단식 이후에는 미음부터 시작하는 보식 식단을 잘 지켰다. 보식 기간이 끝나고 만두, 돈가스, 빵 등을 먹었다. 포도 단식 후에는 동물성 단백질을 먹지 않겠다고 결심했다. 보식은 과일, 야채, 그리고 송이버섯죽. 다양한 과일을 먹지 않고 한 끼에 한 가지 과일을 선택했다. 첫 끼는 복숭아. 그저 250g짜리 복숭아 하나를 먹었을 뿐인데 기력이 확 좋아지는 느낌이 들었다. 생수 단식 후 첫 끼는 귤 4개. 아, 더 먹고 싶은데 참고 또 참았다. 과식은 단식을 처참히 배반하므로.

간헐적 단식을 제외하면 포도 단식이 가장 수월했다. 하루에 5~6번 2시간마다 포도를 200g씩 먹는다. 즙 혹은 생수만 마시는 것에 비해 참을만했다. 오히려 2시간이 너무 빨리 돌아와서 외출할 때도 가방에 항상 포도를 넣고 다녔다. 포도를 씹는 활동은 스트레스 해소에도 도움이 되는 것 같다.

단식의 장점 중 하나는 시간 절약이다. 식사를 준비하고, 먹고, 뒷정리하고, 소화시키느라 꾸벅꾸벅 조는 시간이 대폭 줄어든다. 공복 상태에서 정신이 또렷해지는 느낌도 좋다. 특히, 포도 단식의 경우는 포도 씨까지 꼭꼭 씹어야 해서 식사를 천천히 하는 습관을 들이기 좋다. 지구 여기저기서 굶주리는 이들을 자연스레 생각하는 계기도 된다.

건강할 때 단식을 경험했다면 좋았을 것 같다. 하나를 추천하라면 포도 단식. 올해 포도가 나는 계절에 시도해 보시면 어떨지. 건강한 사람에겐 일주일 정도가 딱 좋다고 한다. 피도 깨끗해지고 덩달아 피부도 좋아진다고. 만병이 피의 탁함에서 온다는 의견도 있으니까요.

관장

몸이 독소로 차 있으면 아무리 좋은 음식을 먹어도 건강하기 어렵다고 한다. 일리가 있는 것 같아 관장을 시작했다.

막연한 더러움. 처음에는 인상이 찡그려지면서 고개가 옆으로 돌아갔다. 내 몸에서 나오는 것인데도 멀찌감치 있고 싶었다.

명상 관련 책에서는 단식을 명상의 일종으로 본다. 단식과 관장은 한 세트, 그러니 관장도 명상의 일종이라고 스스로 결론지었다. 명상도 사람마다 자신에게 맞는 방법이 있으니, 관장도 그렇겠지?

매일 하는데, 매일 악취가 났다. "병원에서 관장할 때마다 수치스럽다."는 드라마 대사가 내 귀에 또박또박 들렸다.

관장 후에는 정말, 배가, 아주 고프다. 기력도 많이 소진된다. 단식으로 텅텅 비운 몸을 관장으로 텅텅텅 비워내어 확인 사살하는 기분이다. 그런데도 이렇게 안 좋은 것이 내 몸속에 있었다고 생각하면, 아무리 거시기해도 관장을 한 뒤 잠드는 게 낫다 싶어진다.

《죽은 자의 집 청소》라는 책에서 사망자의 몸에서 쏟아져 나오는 것들에 대해 읽은 기억도 한몫했다. 마약성 진통제의 큰 부작용 중의 하나가 위장 활동이 멈춘다는 건데, 그것에도 어느 정도 도움이 될 것 같다는 기대도 있었다. 그렇게 관장의 세계에 들어섰다.

○ 커피 관장

반드시 유기농 커피와 생수를 이용해야 한다. 용량은 커피콩 1스푼 + 가루 커피 2스푼(여기에 물 1.2ℓ를 넣고 끓이면 1ℓ가 된다). 3~5분을 팔팔 끓인 뒤 식혀서 사용한다는 이도 있고, 15분을 저온에서 더 끓인 다음 식혀서 사용해야 한다는 이도 있다. 나는 10분 동안 끓인 뒤 생수를 더 섞어 42~44°C 온도로 만들어 사용했다. 그 이상의 온도는 화상을 입을 수 있어서 유의해야 했다.

○ 레몬 관장

레몬 관장은 해독은 물론 림프샘 제독에 영향을 미칠 수 있는 유일한 관장법이라고 한다. 나의 경우 평소 위와 식도가 안 좋아서 역류성 후두염을 자주 앓았다. 변비는 지병이었다고 봐도 무방. 레몬즙을 짜서 물에 타서 마시면 목구멍, 식도, 위, 대장이 퉁퉁 붓는 기분이었다. 아무리 효과가 좋다지만 나에게는 안 맞는 거였다. 레몬 관장을 했던 날 밤, 원래 있던 통증이 더 심해져서 힘들었다. 한 번의 경험으로 충분했다.

○ 숯 관장

집 근처 약국을 스무 곳 이상 찾아갔지만, 먹을 수 있는 숯을 구할 수 없었다. 먹을 수 없는 걸 몸에 넣는 건 예의가 아닌 것 같아 온라인 쇼핑을 시도했다. 일본에서 수입이 가능한 것으로 나왔다. 그러나, 그만큼의 열정이 나에겐 없었다.

이 밖에도 마그밀의 흡착성을 이용한 마그밀 관장, 삼투압을 이용한 죽염 관장, 카모마일을 우려서 하는 관장, 생수 관장 등이 있다. 나는 커피 관장이 가장 마음에 들었다. 너무 아파서 아무것도 못 하겠단 생각이 들다가도, 커피 관장을 하고 나면 아픔을 견디면서 살살 움직일 수 있었다.

어떤 이들은 권하고 어떤 이들은 반대하는 관장의 정보 속에서, 나는 잃는 것보다 얻는 게 좀 더 있다 싶어 유지하고 있다. 단식에 관장이 필수이기도 했고. 처음에는 준비부터 정리까지 두 시간 정도의 시간이 필요했는데, 지금은 한 시간에서 한 시간 반 정도면 된다.

솔직히 말하자면, 관장도 시간과 에너지가 많이 드는 활동이라 무척 힘들다. 체력이 더 나빠져서 관장을 포기하는 순간이 온다면, 그게 나의 끝이 아닐까, 하는 생각을 한 적이 있다. 관장 역시 단식과 마찬가지로 건강할 때 한 번 시도해 봤더라면 좋았을 것 같다.

시한부의 좋은 점이라고 할 만한 게 있을까?

나란 인간과 내가 살아온 삶을 총체적으로 돌아보는 계기
가 되었다.

좋아하는 것, 싫어하는 것, 불편하다고 느끼는 것, 표현하
고 싶었으나 표현하지 못했던 것, 다양한 이유로 자신을 속이
고 있던 것들을 알았다.

진짜 마음과 가짜 마음을 구분하게 되었다. 예전의 판단 기
준은 '다른 이들의 의견을 두루 살펴 가능하면 조화로운 쪽으
로' 였다. 지금은 모든 포커스가 '나'에 맞춰져 있다.

나의 진가를 확인하고 있다. 고통 속에서도, 죽고 싶을 만큼 아픈 순간에도 살아내기 위해 애쓰는 나를 좀 더 사랑하게 되었다. 아프고 난 뒤에야 처음으로 내가 세상에서 가장 중요한 존재란 걸 깨달았다. 내가 없이는, 세상도 없다는 것을.

지금 뭐가 가장 중요한지, 핵심 파악을 잘하게 되었다. 스스로 시간과 에너지가 별로 없다고 말하면 답이 나온다. 늘 우선순위가 있는 삶을 살았다. 지금은 우선순위의 순서가 바뀌는 경험을 하고 있다. 물론 나 위주로.

친구란 모두가 나를 떠났을 때 나에게 오는 사람이라지. 그렇게 내게로 온 사람들, 아니 늘 내 곁에 있어 줬던 사람들이 fade-in, 볼드체로 보인다. 소중한 이들을 더욱 소중하게 여기게 되었다.

결국, 나는 시한부의 삶을 사는 동안 나에 대해 더 알게 되었고, 그 덕분에 그간 미루고 참고 있던 일을 시작하게 되었다. 정점이 바로 이 책이다.

그러나 쓰고 있으면서도 '시한부의 좋은 점이라고 할 만한 게 있을까?'는, 그다지 길게 이야기하고 싶은 주제는 아니란 확신이 든다. 하하하!

당신이 암에 걸리지 않았으면 좋겠습니다

1초에 2명씩 사람이 죽어가고 있단다. 《잘해봐야 시체가 되겠지만》의 저자 케이틀린은 내가 앞 문장을 쓰는 동안 벌써 14명이 죽었다고 썼다. 코로나19 이전 세상의 통계이니 지금은 더할 것이다.

소설 《여자들의 집》의 주인공처럼 '지옥을 경험한 사람 앞에서 힘들다고 울고 있는 사람'이 되고 싶지 않았다. 오존층 파괴로 북극곰은 살 곳을 잃고, 산불이나 플라스틱 때문에 다양한 생명체가 멸종 위기에 처하고, 사상 유례없는 팬데믹의 위기로 난민 캠프의 지원은 끊기고, 전쟁으로 고통 받는, 내

조카같이 귀한 아기들 때문에라도 징징대고 싶지 않았다.

그런데 불평불만을 좀 늘어놔야겠다. 암이 얼마나 무섭고 고통스러운지 알아야 당신이 더 조심할 테니. 정말이지, 나는 당신이 암에 걸리지 않았으면 좋겠다.

거울 속 내 얼굴이 낯설다. 미모까지는 아니더라도 아기 같은 피부 하나는 자신 있었는데. 내 안의 모든 부들거림을 암에 빼앗긴 것처럼 꺼칠꺼칠해졌다. 마약성 진통제를 먹으면 염증인지 여드름인지 모를 것들이 올라왔다. 너무 가려워서 긁으면 피가 나고 딱지가 지고 까맣게 변했다. 뽀얗게 생글생글 웃던 나는 어디로 갔을까. 거울을 볼 때마다 '너는 누구니? 정말 너는 누구니?' 묻게 된다.

내 이불 냄새가 엄마 냄새만큼 좋았는데. 걱정이다. 잘은 몰라도 안 좋은 냄새가 나는 것 같다. 눈도 점점 침침해지고, 나도 모르게 여기저기 이리 쿵 저리 쿵 부딪혀 멍이 든다. 들고 있던 물건을 떨어뜨리거나, 머리로 지시를 내린 몸놀림이 안 따라줘서 같은 동작을 여러 번 반복할 때도 있다.

그러고 보면, 아픈 것과 늙는 것에는 닮은 점이 있다. 다른 이들이 몇십 년에 걸쳐 경험하는 힘겨움을 나는 몇 개월간 집약적으로 체험하고 있는 것 같다.

긴 시간 집중할 수 없다. 이는 불면의 이유가 되기도 한다. 전에는 여러 일을 동시에 시작하고 끝낼 수 있었는데, 이제는 기력이 받쳐주는 한도 내에서 에너지를 최대한 적게 쓰고 효율적으로 해야 한다.

하루에 할 수 있는 일이 몇 개 안 되니 고르고 또 고른다. 온종일 아무것도 못 하는 날도 많다. 글 쓰는 일이 매번 뒤로 밀린다. 마음먹었던 것을 자꾸만 못 하고 안 하게 된다. 결국 잠들기 전, 속이 상하고야 만다.

겁쟁이가 된다. 이래도 저래도 아픈 상황에 오래 있다 보니 통증이 물러간 순간에도 이러지도 저러지도 못하는 게 습관이 된 듯하다. 이렇게 저렇게 했을 때, 혹시 아프기 시작할까 두려운 거다. 몸만 그렇게 되는 게 아니다. 마음도 덩달아 그렇게 된다.

매일 '나는 오늘 밤 똑바로 누워서 잘 수 있을까?'에 대해 생각한다. 그러다 잠들 무렵, 내게 주어진 하루를 열심히 보냈는데도 통증이 찾아오면 어쩐지 그날에 패배한 기분이다.

가지고 있다고 여기던 것을 하나씩 잃어가는 것. 말하자면 살면서 차곡차곡 적금 붓듯 적립해온 자존감을 계속 까먹어가는 기분이다. 작은 성취들로 다져졌던 나의 견고한 성이 모래성처럼 자꾸 힘없이 무너진다. 늘 쓸모 있는 인간이길 바랐는데 지금 나는 아무 짝에 쓸모가 없는, 아니 어쩌면 오히려 누군가의 무거운 희생으로 살아있는 게 아닌가, 하는 의문마저 든다.

그러니까 내 소중한 당신은 암에 걸리지 않았으면 좋겠다.

작은 성취들로 다져졌던 나의 견고한 성이

모래성처럼 자꾸 힘없이 무너진다.

부디 내 소중한 당신은 암에 걸리지 않았으면 좋겠다.

2

반짝거렸던 날들

다이어리를 선물하고 싶어요

　보통 한 해에 다이어리를 2권에서 4권 정도 쓴다. 내 하루를 기록하는 데 여백을 포함해서 최소한 2페이지가 필요해서다. 다이어리를 펴고 왼쪽은 좌뇌를 위해, 오른쪽은 우뇌를 위해 채워나간다. 양쪽을 반씩 접어 4개의 섹션으로 나눈다. 왼쪽부터 첫 번째 섹션에는 '오늘 해야 할 일', 두 번째 섹션에는 왼쪽에 적어둔 목록을 시간대별로 채워 넣는다. 오른쪽에 있는 세 번째, 네 번째 섹션은 자유로운 기록장. 생각, 감상을 기록하거나 그림을 그린다.

신변을 정리하라는 말을 들었을 때 가지고 있는 많은 것을 버리거나 나누거나 팔았다. 책이랑 다이어리가 문제였다. 그 자체가 곧 나의 역사이므로.

그러다 이삿날이 다가왔다. 내가 나르기에 책과 다이어리는 너무 무거웠다. 계속 소유하고 싶었지만, 책임지지 못할 무거움을 다른 이들에게 떠넘기기는 싫었다. 결국, 눈 딱 감고 책은 분리수거로 내놓고, 하나 남은 여행 가방을 내 낡은 다이어리로 가득 채웠다.

매년 11월, 12월이 되면 다이어리를 준비하며 설렘을 만끽했다. 생일이 1월인 친한 언니에게는 '생일 선물로 매년 다이어리 사주는 동생'으로 자처할 때도 있었다. 조직 생활을 할 때는 회사 다이어리 품평도 했고, 카페 다이어리 중 어떤 것이 베스트인지 기대하고 비교하며 즐거워했었다.

올해는 내 글을 읽어주신 고마운 분들에게 다이어리를 선물하고 싶다. 안 될 거 아니까 하는 소리다. 하하하.

2021년 다이어리는 없다고 생각했다. 한데, 아빠 때문에 샀다. 몇 년 전, 사주를 보러 갔더니 2021년에 하늘에서 내려주는 아주 커다랗고 특별한 선물을 두 개 받는다고 했단다. 아빠는 그 두 개의 선물을 다 나를 위해 쓰겠다고 했다.

며칠만 참으라고. 며칠만 있으면 2021년이고, 아빠 너만 있으면 다 괜찮다고. 팔공산 갓바위에도 다녀왔다지. 갓바위 할아버지가 꼭 한 가지 소원은 들어주신다면서.

눈이 퉁퉁 붓도록 울었던 밤이었다.

안녕, 2020년!
그리고 Happy New year!

2021년, 가슴 속에 꾸깃꾸깃 우겨 넣어두고
그간 말도 한 번 꺼내지 못했던 아빠의 소원이
꼭 이루어졌으면 좋겠다.

하나 남은 여행 가방을

내 낡은 다이어리로 가득 채웠다.

미련이 있냐고요?

"너는 왜 그렇게 열심히 살아?"

"후회 같은 거 안 하려고. 능력이 부족한 건 어쩔 수 없지만, 노력하는 건 내가 할 수 있는 일이니까."

스물세 살 때 남자친구가 물었고 나는 이렇게 답했었다. 그때 나는 알고 있었나 보다. 미련 없는 삶을 살아야 한다는 것을.

대학 입학 이후로 나는 늘 바빴다. 성적 우수 장학금을 받고, 과외도 하고, 대학 방송국 아나운서 및 웹진 기자 활동도 하고, 다양한 국제회의 스텝 아르바이트도 하고, 각기 다른 해외 봉사단에도 여러 번 선발되었다. 휴학 기간에는 하루에 과외를 다섯 탕씩 뛰었다. 밤이 되면 입에서 단내가 났다. 완벽하지는 않았겠지만, 목표한 바를 늘 해냈다. 추천서를 부탁하려고 찾아갔던 교수님은 내 이력서를 보고, 본인의 자식이 내 반만큼만 열심히 살면 좋겠다고 했다.

생의 순간순간, 내가 처한 상황에서 할 수 있는 최선을 다했다고 생각했다. 시간을 쪼개어 사는 기쁨, 스스로에 대한 성취감이 컸다. 그래서 미련 같은 건 없다고…….

연말마다 크고 두꺼운 새 다이어리를 준비한다. 올해 가장 기억에 남는 일 3가지, 목표했던 3가지에 대한 결과, 그리고 내년에 이루고 싶은 목표나 꿈 3가지를 쓴다. 2020년 초, 문득 나 혼자만 이럴 것이 아니라 가족 모두 함께 이야기를 나눠봤으면 좋겠다고 생각해 실행에 옮겼다.

나, 동생, 그리고 엄마 차례가 되었다. 엄마의 목표는 나와 내 동생이 건강하게 각자가 원하는 걸 이루는 거라고 했다. 그때 나는 엄격한 선생님처럼 엄마에게 말했다. "엄마! 엄마 스스로 이룰 수 있는 목표나 꿈을 선택해야지. 그게 뭐야?! 목표나 꿈에 대한 개념이 없네!" 다시 생각해보라고 여러 번 재촉했지만, 별반 달라지지 않아서 그냥 지나쳤다. 그리고 그다음 차례였던 아빠의 꿈과 목표도 엄마 것과 비슷한 게 되어버렸다.

고통과 죽음을 끌어안고 보냈던 한 해가 지나고 있다.

최선을 다 했으니 괜찮다고 생각했는데, 올해 엄마의 목표와 꿈이 나였던 게 기억나 울컥 목이 멘다.

차갑게 돌아서려던 내 인생 앞에.

눈물이 자꾸만 툭툭 떨어진다.

올해 엄마 목표랑 꿈이 나였던 게 기억나

울컥 목이 멘다.

후회하고 있어요.

자신을 사랑할 것. 많은 책에서 읽었다. 읽을 때마다 자신을 사랑하는 게 뭔지, 어떻게 사랑해야 할지 모르겠다고 생각했다. 시간이 지나면 언젠가 알게 되겠지, 하고 미루는 맘도 있었다. 잘은 몰라도 자신을 사랑하는 데는 왠지 돈과 시간과 에너지가 들 것 같았다. 소확행에도 최소한의 돈과 시간과 에너지는 필요한 것처럼.

누구에게나 소비의 욕구가 있다고 생각한다. 나는 책을 사거나 시험을 등록하며 풀었다. 그러면 돈을 쓰고도 마음이 편했다. 적어도 낭비는 아니다, 미래를 위한 투자다, 라고 생각했다. 토익 시험을 보고, 토플 시험을 보고, 아이엘츠 시험을 봤다. 모든 것을 단계적으로 밟아 올라갈 충분한 야망과 욕심이 있었다. 좋은 학교에 합격했다. 그렇게 엄마를 빛나게 한 내가 적당히 자랑스러웠다.

어린 맘에도 내가 좋아하고 잘하는 것은 어쩐지 성공과 거리가 먼 것이라고 느꼈던 걸까. 늘 나의 점수, 성적, 결과가 궁금했지, 내가 무엇을 좋아하고, 뭘 잘하는지, 뭘 하고 싶은지는 궁금하지 않았다. 욕심도 많아서 멋진 사람이 되고 싶었다. 더 나은 세상을 만들고자 하는 의지가 충만하면서도 적당히 성공한, 가치관도 멋진데 부와 명예도 좀 가진, 누구나 부러워할 만한 '반짝반짝 빛나는 사람'. 그런 사람이 되려면 더 열심히 바쁘게 살아야 한다고 나를 다그쳤다. 다른 건 다음에 생각하자고.

글을 쓰고 싶었지만 쓰지 않았다. 세상에 글 잘 쓰는 사람은 너무 많으니까. 그들의 매력 넘치는 글을 읽을 때마다 무의

식중에 내 글의 등수를 매겼을 것이다. 여기에 서서 돌아보니,
가진 능력에 관계없이 그저 자신의 행복을 위해 해야 하는 일
들이 있는 것 같다.

자신에게 물어봐 주세요.
뭘 좋아하고, 뭘 잘하고, 뭘 하고 싶은지.
그리고 거기에 돈과 시간과 에너지를 쓰세요.
저는 그게 자신을 사랑하는 방법인 것 같아요.
나를 사랑하지 않은 오랜 시간을
후회하고 있어요.

내가 사랑한 여행

그러니까 죽음을 앞두고 있다 보니 이런저런 후회되는 일들이 많다는 거지, 늘 그렇게 죽상이거나 울상이었던 것은 아니에요. 즐겁고 뭉클하고 아름다웠던 순간들이 더 많았지요.

여행 이야기를 해볼까 해요. 많은 분이 동의하실 것 같은데, 제게 여행은 도피처였습니다. 늘 빡빡한 스케줄을 짜놓고 거기에 맞춰서 스스로를 채찍질하던 현실을 벗어나는 것. 물론 성향이라는 건 잘 안 변하니까. 제 여행 스케줄이 얼마나 타이트 했을지는 상상에 맡기겠습니다.

패키지, 자유 여행 다 좋았어요. 시간 되고 가성비 좋다면 안 갈 이유가 없었죠. 굳이 고르자면 자유 여행이요. 제 머리와 가슴 속 여행 폴더에 자유 여행의 장면이 많이 남아 있기 때문이에요. 멈추고 싶을 때 멈추고, 머무르고 싶을 때 머무르고, 떠나고 싶을 때 떠날 수 있는.

대학 때 이런 친구가 있었어요. 유럽 배낭여행을 갔는데, 런던의 대영박물관이 너무 좋았대요. 그래서 다른 스케줄을 몽땅 취소하고 보름 동안 매일 아침부터 저녁까지 대영박물관에만 머물렀다는 거에요. 전 정말 이해가 안 갔어요. 의심까지 했지요. 유럽까지 날아간 비행기 샀으며, 다른 많은 나라에서 다양한 것을 볼 수 있는 기회비용을 상쇄할 만큼 대영박물관이 정말로 그렇게 좋았냐고.

이젠 알아요. 남들이 이해하지 못 하더라도 온전히 몰두하고 싶은 자기만의 세계가 존재한다는 것을. 그 세계는 다른 것과 비교할 수 없는 특별한 가치가 있다는 것을.

미얀마에는 '띤잔Thingyan'이라는 신년 축제가 있어요. 특이하게도, 4월에 맞이하는 긴 연휴에요. 축제가 시작되면 길거리는 물을 뿌리는 사람들로 가득해집니다. 액운을 씻어내고 좋은 일만 가득하라는 의미이지요. 처음 보는 사람도, 외국인도 예외가 없어요. 저마다 등에 얼음물을 붓고, 온몸에 호스로 물을 뿌리며 모두가 박장대소하는 시간. 여러분도 기회가 된다면 꼭 한 번 경험해 보시면 좋겠어요.

축제 기간이 길어서 주변국으로 여행을 떠나는 주재원들이 많았어요. 저도 어쩌다 보니 싱가포르 여행의 멤버가 되어 있었죠.

"우리 싱가포르에 함께 여행 가는 거 어때요?"

선배 동료가 물어올 때만 해도 '설마' 했는데, 왜 그런 사람들이 있잖아요. MBTI 유형으로 보자면 스파크형. 아이디어를 내고 그걸 아무 일 아니란 듯 현실로 만드는 사람들. 그렇게 80년대 생, 70년대 생, 60년대 생 세 사람이 J, 비야, 센으로 부르고 불리는 온전한 자유 여행팀을 꾸리게 되었어요.

서로의 취향을 존중하자는 게 포인트였어요.

싱가포르의 유명한 관광지 '하지 레인Haji Lane' 근처에 각자 호텔을 잡았어요. 그다음, 각자 하고 싶은 일들을 적어서 공통분모를 골라냈죠. 오전에는 혼자만 하고 싶은 일들을 하고, 오후에 만나서 함께 하고 싶은 것을 하고, 저녁을 먹고 다시 호텔로 헤어지기.

저는 유니버설 스튜디오에 갔고, 누군가는 식물원에, 다른 누군가는 공원을 걸었어요. 제가 쇼핑을 하는 동안 나머지 둘은 함께 루지(썰매)를 타러 갔죠. 저녁에 서큘러 키에서 함께 게 요리를 먹고, 타이거 비어 레몬 맛을 음미하며, 각자가 보낸 하루를 나누었죠.

때론 혼자, 때론 같이.
매우 독립적이고도 연대감 있는 여행이었어요.
각자 스타일을 존중하며 서로의 이야기에
진심으로 귀 기울였던 매우 드문 경우였죠.
행복했습니다.

나이, 직함과 관계없이 영혼의 친구가 되었던 이들.

내 부족함을 있는 그대로 받아들여 준 이들.

그립습니다. 잘 지내시죠?

이젠 알아요.

남들이 이해하지 못 하더라도

온전히 몰두하고 싶은

자기만의 세계가 존재한다는 것을.

그 세계는 다른 것과 비교할 수 없는

특별한 가치가 있다는 것을.

의사가 아니어도 괜찮겠다

대학에 입학하고 이력서를 빛나게 해줄 스펙 때문에 시작했지만, 자원봉사를 빼고 내 인생을 이야기할 수는 없을 것 같다. 횟수로도, 기간으로도.

내가 발견한 자원봉사의 특별함을 두 가지로 추려봤다.

우선, 좋은 사람들을 만날 수 있었다. 자신의 것을 다른 이들과 잘 나누는 따뜻한 사람들. 삶의 목표와 소신이 분명한 사람들. 때론 경쟁력이기도 한 정보를 나누는데 인색하지 않은 사람들.

둘째, 봉사 대상에게서 오는 사랑. 특히, 아이들 마음은 너무 예뻤다.

내 이름 '민경'이 발음하기가 어려워서 아이들은 나를 '밍'이라고 불렀다. 봉고차 창문에 다닥다닥 붙어서 "밍~, 가지마~." 하며 울던 얼굴들. 봉사 기간이 끝나고 떠나는 내게 고사리 손으로 내어놓았던 작은 선물들. 오래 살라고 내 손목에 메어주던 실타래를 생각하면, 목이 콱 막혀와 눈을 들어 천장을 보게 된다.

이력서를 충분히 채울 만큼 자원봉사를 했는데 왠지 자꾸만 더 관심이 갔다. 노력봉사, 문화봉사, 의료봉사, 교육봉사. 분야도 다양했다.

참여할 때마다 다양한 사람들을 만났다. 어떤 것과도 바꿀 수 없는 나만의 경험이 내 머리와 가슴을 채워갔다. 대학을 졸업한 뒤에는 의사나 한의사가 되기 위한 공부를 했다. 내가 두고 온 그들에게 멋있게 돌아가고 싶었다.

머리가 나빴던 걸까? 노력이 부족했던 걸까? 운이 없었던 걸까? 번번이 실패했다.

한의사 친구가 말했다. 막상 일해 보니 한계가 많다고. 의사나 한의사보다 국제기구나 NGO에서 일하는 게 나에게 더 어울릴 것 같다고. 기분이 나빴다. 나는 간절히 의사나 한의사가 되고 싶었으니까. 욕심 많은 나는 연속으로 밀어닥친 실패에 지칠대로 지쳤다. 나를 변화시킬 계기가 필요했다.

KOICA 홈페이지에 접속했다.

거짓말처럼, 69기 봉사단원을 지원할 수 있는 마지막 날이었다. 뚝딱뚝딱 써서 제출했다. 서류, 면접 다 쉽게 통과했다. 일이 술술 풀렸다. 합숙에 들어갔던 한 달은 아이스 카라멜 마끼아또 만치 달콤했다. 순식간에 르완다에 도착했다.

직항이 없어서 24시간이 꼬박 걸렸다. 100여 일간 약 100만 명이 학살되었다는 아픈 역사에 소름부터 돋는 곳. 적응 훈련을 하는 동안 현지인 집에서 홈스테이를 했다. 방 두 개 짜리 집에서 방 하나를 내가 쓰고 나머지 공간을 7명이 함께 썼다.

벼룩, 자고 일어나면 허리가 더 아픈 침대, 커피 포트에 물을 데워서 해야 하는 샤워, 정전, 단수, 입에 안 맞는 음식. 르완다로 떠나올 때 엄마가 했던 말이 계속 떠올랐다.

"경아, 사랑해서 보내주는 거야. 너의 선택이니까. 그러니 힘들면 언제든 그냥 돌아와."

그러나 돌아가지 않았다. 나에게 실망할 것만 같아서. 대신 더 정신을 바짝 차리고 살자고 마음먹었다.

마음과 생각을 고쳐먹었더니 다른 게 보였다.

행동하는 사람들이 있었다. 의사, 간호사, NGO 간사, 마술사, 봉사단원들, 긴급구호 담당자. 누군가는 굶주린 이에게 음식을 주고, 누군가는 마술로 보는 이들을 행복하게 하고, 누군가는 배움이 필요한 이들에게 교육의 기회를 제공하고, 누군가는 그들의 인권 신장을 위해서 노력하고 있었다.

처음으로 의사가 아니어도 괜찮겠다, 생각했다.

그때부터 국제개발협력분야 스펙 쌓기에 돌입했다.

르완다 봉사단원, 태국 훈련교관, 미얀마 봉사단 매니저의 길이 따라왔다. 만족스러웠고 이상적이었다. 그간 쌓아온 국

내, 해외, 장·단기 자원봉사의 탄탄한 기본기를 바탕으로 단계적으로 성장해가는 내가 보였다.

신민경이 나간다! 이쯤 되면 다들 긴장 타고 있겠지?

미얀마 봉사단 매니저로 열심히 일하고 있을 때, 암이 발병했다.

그 아지매 억척같이 벌어서, 먹고 살만하니 암 걸려서 죽었대.

이런 일이 진짜 현실에서 일어나겠구나. 하지만, 난 밝고 긍정적인 사람이니까. 부정, 분노, 타협, 우울, 수용의 5단계를 거쳐 좋게 생각하기로 했다. 이까짓 거 별거 아니라고. 힘들어도 나는 극복할 수 있을 거라고.

수술에서 회복하며 물었다. 지금 무엇을 해야 하는가? 나는 봉사 경험이 풍부한 사람. 경험을 바탕으로 석사, 박사 학위를 더해 이쪽 분야의 능력 있는 전문가가 되고 싶었다.

아니다. 어쩌면, 전문가가 되어야만 했다. 이제 나는 3단계 신체검사가 필수인 시험에서 합격이 불가능한 몸이니까. 전문

가라면 한국에서도 취업할 수 있는 길이 있을 것이고, 해외 취업도 가능할 것이다.

번번이 내 삶의 새로운 장은 간절함과 함께 시작되었다.
그렇게 영국 유학길에 올랐다.

봉고차 창문에 다닥다닥 붙어서

"밍~, 가지마~." 하며 울던 얼굴들.

봉사 기간이 끝나고 떠나는 내게

고사리 손으로 내어놓았던 작은 선물들.

오래 살라고 내 손목에 메어주던 실타래를 생각하면

목이 콱 막혀와,

눈을 들어 천장을 보게 된다.

런던 라이프

늘 가슴 한편에 해외 유학에 대한 꿈이 있었다. 사는 게 늘 팍팍했다 보니 그럴 처지가 아니라고 막연히 미뤄두고만 있었다. 아이러니하게도 2015년 처음 암을 발견하고 수술을 한 뒤에야 실행에 옮길 수 있었다.

여느 때와 마찬가지로 영문 에세이 다듬는 걸 제외하고는 다른 누구의 도움도 받지 않으려 했다. 하다못해 10만 원이면 맘 편히 받을 수 있는 비자도 검색해가며 직접 했다. 에세이를 수십 수백 번 읽고 고쳤다. 르완다와 미얀마에서 인연이 된 영어권 친구들, 석박사 동료들의 친절한 (무료) 도움 덕분에 에세이를 완성했다.

개발학 분야 세계 최고의 권위를 가진 IDS^{The Institute of Development} ^{Studies}와 LSE 두 군데에 원서를 넣었고, 두 군데 다 합격했다. 특히 LSE는 지원한 지 3주 만에 오퍼를 보내왔다. 보통 두 달이 걸리는 걸 감안하면 대단한 일이었다. 나를 알아봐 준 고마움, 보건개발학 분야로 특화하고픈 마음, 그리고 런던에서 살아볼 수 있는 절호의 기회! LSE를 선택했다. 통장을 털어서 학비를 냈다. 스스로 번 돈으로 유학을 떠나는 내가 너무나 기특했다. KOICA 장학금까지 받았고. 게다가 암도 이겨냈고. 자신감 충만했다.

LSE 입학식 날, 총장이 말했다. "여기에 앉아 있는 학생 중에는 '내가 이렇게 좋은 학교에 합격했다니 말도 안 돼'하며 자신과 자신의 능력을 의심하는 이들도 있을 겁니다. 이제 그 의심을 지우세요. LSE가 당신을 선택했으니까요." 완벽했다.

거의 매일 밤을 새워 공부하는 게 정말 좋았다.

드라마에서나 나올 법한 진부한 대사 같지만,

정말 그랬다.

런던에 살면서 공부했던 모든 순간이 다 좋았다. 기숙사, 기숙사를 향해 걷던 길, 공원, 뮤지컬, 학교, 빨간 이층버스. 도서관이나 기숙사에서 거의 매일 밤을 새워 공부하는 게 정말 좋았다. 드라마에서나 나올 법한 진부한 대사 같지만, 정말 그랬다.

어느 날, 앞니가 부러졌다. 이가 이렇게 잘 부서지는 거였나?! 뭐, 그럴 수도 있다고 넘겼다. 등도 아팠지만 밤이라는 걸 새면 당연히 여기저기 아프고 힘든 거니까.

영국에서는 응급실에 실려 가는 경우가 아니면 면담 예약을 한 뒤에 의사를 만난다. 보통 예약이 다 차 있어서 의사를 만나기까지 한 달 정도 걸린다. "감기에 걸려서 의사를 예약하면 만나기도 전에 다 낫는다."는 농담은 사실이었다.

한 달을 기다린 끝에 경험한 영국의 보건 시스템NHS: National Health Service은 놀라웠다. 기분상 담당 의사와 30분은 이야기한 것 같다. 내 몸의 이런저런 문제와 더불어 정신적인 부분까지 상세하게 상담을 받았다. 요지는 "유학생이라 잘하고 싶은 마음은 아는데, 자꾸만 그렇게 밤을 새우면 안 된다." 였다. 덧붙여 이가 깨지는 것은 비타민D 부족 같다고. 이제부터 매일 햇볕을 쬐고, 비타민D 약을 챙겨 먹으라고. 그리고 한 달 뒤에 다시 만나자고 했다.

　뭔가 이상하다는 느낌은 있었지만 심각하게 받아들이진 않았다. 학위만 받고 나면, 코스만 끝나면, 아빠가 있는 피지로 날아가서 열대 과일 잔뜩 먹고 겨울잠 자듯 푹 자야지, 라고 생각했다. 그런데, 다발성 전이가 그렇게 시작되고 있었나 보다.

스물세 살에 피웠던 꽃

　에세이에 사랑 이야기가 빠질 수 없지, 라고 호기롭게 시작해보지만, 경상도에서 태어나 여중 여고를 나온 나는 '사랑'이라는 단어를 들으면 자동으로 닭살이 돋고, 눈알을 이리저리 굴리다가 시선을 방구석 모서리에 밀어 넣고 마는 사람. 부모님이 나를 사랑하는 것은 알지만, 자라는 동안 "딸, 사랑해" 같은 이야기는 들어본 적이 없다.

　내가 "사랑해" 하고 말해온 대상은 외국인 절친이나 우리 조카 봄이 정도. 외국인 친구들에게 "love you"란 하루에 수십 번씩 말하는 "thank you" 나 같은 것이고, 조카에게조차 열 번 생각하고 한 번 표현한다.

이런 인생에도 사랑이라고 부를만한 게 있었냐고 묻는다면, 대답은 예스. 그리고 그 사랑이 꽃이라고 한다면, 나의 꽃은 스물세 살에 피었던 것 같다.

애매한 실력으로 부산에서 서울로 올라가 하루하루 살기 바빴다. 사랑보다 독립적인 인간이 되는데 관심이 더 많았다. 한 남자를 향한 사랑보다 세상을 향한 마더 테레사 같은 사랑이 더 고차원적이고 가치 있는 거라는 확신도 있었다.

그러다 그를 만났다. 왜 그랬을까. 처음 만난 그에게 온갖 귀여움을 주렁주렁 달고 눈을 반짝이며 부산 사투리로 물었다.

"전화번호가 모예요?"

그는 토이의 '그럴 때마다'라는 곡으로 답해 주었다.

나는 어렸고, 그에게 내가 소중한 사람이라는 확신이 들수록 그가 만만해졌다. 세상 그 누구도 함부로 대했던 적이 없는데, 그만은 예외였다. 언제나 내 편임을 한 번도 의심한 적이 없어서 유일하게 함부로 대했다. 그는 내가 원하는 것은 뭐든 주고 싶어 했고, 나는 그가 주는 건 무엇이든 당당히 받았다. 다른 이들의 사랑은 내가 노력해서 받는 거라고 한다면, 그에겐 내가 잘하지 않아도 늘 사랑받는 존재임을 확인했던 것 같다.

지금 생각해보면, 오직 그에게만 모든 것을 이해받은 느낌이었다.

살고 싶지 않다고 생각한 적이 있었다. 그때 그가 떠올랐다. 누군가에게 진정한 사랑을 받아본 사람은 그럴 수 없다고. 그러면 안 된다고. 그가 그렇게도 아끼고 소중히 여겼던 나를 스스로 해할 순 없는 거라고. 단 한 번이라도 진정한 사랑을 받아본 나는 살 가치가 있다고.

헤어진 뒤 시간이 좀 흐르고 나서도 그는 나를 보기 위해 부산에 몇 번 더 내려왔다. 영화 속 한 장면처럼 그가 내 귀에 끼워준 헤드폰에서 음악이 흘러나왔다. 그는 이승훈의 '비 오는 거리'로 내게 물었다. 의사의 아내가 아니라 의사가 되고 싶어서 공부하던 나는 차갑게 그를 서울로 돌려보냈다.

많이 늦었지만, 그에게 악동뮤지션의 '오랜 날 오랜 밤'으로 답하고 싶다. 스물세 살 이후로 너는 항상 내 세상에 살았다고.

살고 싶지 않다고 생각한 적이 있었다.

그때 그가 떠올랐다.

누군가에게 진정한 사랑을 받아본 사람은 그럴 수 없다고.

그러면 안 된다고.

다음 생에 잘하고 싶은 일

평범한 말기 암 환자라면 누구나 거치는 과정 중 하나. 버킷리스트 작성하기.

스페인 산티아고 순례길 걷기, 바르셀로나 가우디 건축물 탐방, 포르투갈 리스본 여행, 프랑스어 배우기, 패러글라이딩, 스카이다이빙, 터키 카파도키아 열기구 타기.

여기까지 쓰고는 이걸 왜 쓰고 있나 싶었다. 나는 이제 30분 이상 차를 못 탄다. 약을 먹어도 메스껍고 어지럽고 서 있기도 앉아 있기도 힘들다.

'지하철 사랑의 편지'란에 실린 내 글을 확인하고 싶어서 지하철을 탄 날이었다. 빈자리가 없어서 임산부 좌석에 앉아 토할 것 같은 기분으로 안절부절못했었다. 그렇다고 버킷리스트 작성을 여기서 멈추는 것은 나답지 않지. 생각의 끝은 다음 생에 하고 싶은 일들에 이르렀다.

소중한 사람들에게
건강하고 맛있는 음식을 만들어 줄 수 있는,
요리를 잘하는 사람이면 좋겠다.

요리하는 시간이 아까웠다. 사람들이 먹는 데 들이는 시간과 열정을 더 중요한 일에 쏟아야 한다고 생각했다. 세상에는 도움이 필요한 일이 너무도 많으니까. 알약 하나에 필요한 모든 영양분을 섭취할 수 있는 날이 빨리 오기를 바랐던 것도 같다. '뭣이 중헌지'도 모르고…….

요즘은 수많은 단계로 이루어진 요리라는 일련의 작업이

너무도 귀하게 느껴진다. 레시피를 찾아보고, 거기에 맞는 신선한 재료를 골라 장을 봐오고, 요리하기 쉽게 재료를 장만하고, 음식을 만들고, 테이블 세팅을 하고, 설거지 하고, 마지막 정리까지. 그동안 아무런 대가 없이 내게 요리를 해주신 분들의 위대함이 새삼 내 마음을 두드렸다.

할머니와 엄마는 어떻게 생색도 안 내고 그 많은 일을 해왔던 걸까? 그저 '밥을 차려준다'라는 단순한 표현 아래 모든 걸 음소거 한 채. 모를 땐 몰랐지만, 알고 나니 밥을 먹을 때마다 뭉클하다. 문득 나는 언제쯤 엄마에게 정성이 담긴 따뜻한 밥을 차려줄 수 있을까 싶었다.

불교 신자인 엄마가 언젠가 말했다.

"스님이 그러시던데, 다음 생에 잘하고 싶은 게 있으면 이번 생에 배우는 걸 시작이라도 해야 한대. 다음 생에 피아니스트가 되고 싶으면, 지금 피아노를 배우기 시작해서 도레미라도 쳐야 한다고."

꼭 이런 타이밍에 이런 대화가 떠오른다.

다음 생에 내가 요리를 잘하는 사람이 되고 싶으면 지금 요리를 배우기 시작하고 요리를 해봐야 한다는 거네?

일단 책부터 주문했다. 할머니의 연륜이 녹아있을 듯한《박막례시피》. 마일리지로 박막례 할머니가 프린트된 양은 쟁반도 딸려 왔다. 마음에 쏙 들었다.

예쁜 양은 쟁반을 가져서 신나고, 내가 한 음식을 맛있게 먹어줄 엄마 아빠를 상상하니 신나고, 내일과 관계없이 나를 깊이 사랑하는 새벽이다. 그러니 모두 좋은 꿈 꾸고 있기를!

신선한 재료를 골라 장을 봐오고,

요리하기 쉽게 재료를 장만하고,

음식을 만들고, 테이블 세팅을 하고,

설거지 하고, 마지막 정리까지.

그동안 아무런 대가 없이 내게 요리를 해주신 분들의 위대함이

새삼 내 마음을 두드렸다.

3

그럼에도
고맙습니다

당신의 글은 누군가의 삶을 바꿀 힘이 있다

　브런치에 순번을 매겨가며 암 투병기를 올리기 시작했을
때. 나만 보였고, 나만 보았다.
　철저히 내 고통만 쏟아낼 작정이었다. 지금 너무 고통스럽
다는 걸 털어놓을 상대가 필요했다. 나를 잘 모르고, 내 인생
에 크게 관심 없는 누군가. 그래서 너무 오래, 너무 깊이 슬퍼
하지 않을 적당한 거리에 있는 그 누군가. 글은 읽어주길 바라
면서도 댓글은 달지 못하게 꽁꽁 막았다. 힘들겠어요, 라며 내
마음에 살짝이라도 비집고 들어오면 안 되니까.

보통 무릎을 가슴에 붙이고 엎드려 글을 썼다. 어떻게 하든 어느 정도 통증은 있지만, 그렇게 하는 게 등이 가장 덜 아팠다. 그렇게 집중해서 이런저런 내 마음의 찌꺼기를 쏟아내다 보면 참을 수 없는 한계의 순간이 왔다. 그래서 읽게 되었다. 남들은 대체 무얼 쓰는지.

우연히 두 글을 동시에 만났다. 하나는 안락사, 존엄사, 조력 자살에 대한 정의부터 꼼꼼히 기술된 논리 정연한 글이었고, 다른 하나는 누군가에게 대한 지지를 담은 글이었다. 첫 번째 글을 읽으며 이론으로 무장되었던 고드름 같던 마음이 두 번째 글을 만나 주르륵 녹아내렸다. 냉랭했던 마음에 온기가 돌았고, 나만 보던 내가 누군가를 위해서 무언가를 하고 싶은 마음을 품게 되었다.

후자 쪽 글을 쓰고 싶어졌다. 내가 그다지 다정한 사람이 아니란 것, 그런 능력을 타고나지 않았다는 것은 잘 알지만, 죽기 직전인데 뭐 어때? 예전과는 완전 다른 사람인 듯, 한 번 시도해보고 싶어졌다.

통증이 마실 나갈 때면, 두 번째 글에 언급되었던 책《우리는 왜 죽음을 두려워할 필요 없는가》를 읽는다. 인덱스를 붙여가며 열심히 읽는다. 멈추게 될 나의 시간이 오늘 밤일지 내일 밤일지도 모르는데, 이렇게 글을 쓸 용기를 내다니. 낯설고 기특하다.

고마워요. 당신의 글이 저의 하루를 바꿔 놓았어요.
나의 글도 당신 하루를 비추는 빛줄기 같은 것이기를
기대해도 될까요?

냉랭했던 마음에 온기가 돌았고,

나만 보던 내가 누군가를 위해서

무언가를 하고 싶은 마음을 품게 되었다.

추천 도서 목록

　《우리는 왜 죽음을 두려워할 필요가 없는가》를 시작으로 《사후생》,《죽음과 죽어감》,《죽음과 죽어감에 답하다》,《이만하면 괜찮은 죽음》,《잘해봐야 시체가 되겠지만》,《죽음 1, 2》,《기억 1, 2》,《심판》,《충만한 삶, 존엄한 죽음》,《죽음 이후의 또다른 삶》,《영혼들의 여행》,《죽은 자의 집청소》,《인생 수업》 등을 읽었다.

　'죽음'이라는 단어로 검색해서 연관이 있는 듯 보이면 특별한 순서 없이 읽었다.

여러 책이 공통으로 "생의 궁극적 목적은 성장"이라고 강조
했다. 난 물었다. 이렇게 많이 아픈 상황에서 어떤 성장을 할
수 있는 걸까? 내 고통과 통증이 성장을 위한 교두보 혹은 방
편이라기엔 너무 가혹한 거 아닌가?

지혜로운 사람들이야 빠르게 깨닫고 성장의 단계로 나아갈
수 있겠지만, 나처럼 느리고 어리석은 이에겐 누가 좀 답을 알
려줬으면 싶었다.

책들 덕분에 죽음을 대하는 태도가 달라졌다.

보통 재수 없다고, 불길하다고 쉬쉬하는 죽음. 누굴 탓할
일도 아니다. 시한부 선고를 받은 나조차 피하고 싶었으니
까. 심지어, 죽음 관련 책을 읽고 있으면 세상 사람들이 내가
곧 죽는다는 사실을 알아차릴 것만 같아서 머뭇거린 적도 있
었다.

시작은 죽음에 대한 마음 열기. 책 내용을 바탕으로 엄마와
죽음에 대해 이런저런 이야기를 나누면서 마음이 조금 편해
졌다.

죽음에도 준비가 필요하다는 걸 배웠다. 책을 읽으면서 사전연명의료의향서, 영정사진, 수의, 유서 등을 준비했다.

'죽음'에 대한 사유가 '존엄한 죽음', '내가 원하는 죽음'으로 확장되었다. 환생, 지금 생은 내가 선택한 것이라는 개념이 인상적이었다. 그들 논리대로라면, 왜 나는 이렇게 고통스러운 삶과 죽음을 선택했을까? 정신적으로 성장한 사람일수록 다음 생에 더 고단한 삶을 선택한다는 부분(베르나르 베르베르)에서 조금 위로를 얻었다.

존엄한 죽음과 내가 원하는 죽음과 관련해서는 유서에 적어둘 수 있다. "고통은 육신과 함께 남고 죽은 자는 영혼과 함께 자유가 된다." 는 말이 사실이면 참 좋겠다.

적당히 읽었다고 여겨질 무렵부터 죽음에 관한 책 읽기를 멈추고, 읽고 싶었던 다양한 책을 읽고 있다.

그러다 어느 순간 알게 되었다. 모든 책이 죽음에 대해 말하고 있었음을. 때때로 죽음을 품고 있는 행간의 의미를 알아차렸으나 애써 외면해왔다는 것을.

　평생 죽음을 연구한 엘리자베스 퀴블러 로스 박사의 말처럼 "죽기 전까지 자신의 삶을 살아내기가 중요하다."고 여기게 된 것이 정말 다행스럽다.
　덕분에 지금 고통 속에서도 묵묵히 걷고 관장하며 나의 하루를 살고 있다.

살고 싶은 순간들은 너무 많지요

주문한 수의가 도착 전일 때,

베르나르 베르베르의 신간을 다 읽지 못하고 잠들 때,

누군가에게 도움이 되는 글을 쓰자, 마음먹었는데
그러지 못하고 있을 때,

내 힘겨움을 핑계로 소중한 이들의 연락을 외면할 때,

우리 봄봄이랑 같이 놀 때,

은이가 보내준 '이 시간 너의 맘속에'를 듣고 있을 때,

2018년에 나온 '나의 아저씨'라는 드라마를
2020년 가을에야 만났는데, 주인공들의 삶과 대사가
구구절절 아플 때,

완전 내 스타일의 1인용 소파와 트레이닝복을 샀을 때,

무한궤도의 '우리 앞의 생이 끝나갈 때'란 노래를
반복해서 듣게 되었을 때,

내일 엄마 아빠 맛있는 것 사주고, 모레 아울렛에 가서
우리 가족 이번 겨울 대비용 옷을 사주고 싶을 때,

소중한 이들에게 남길 편지를 쓰다가 눈물을 너무 삼켜
배부를 때,

약을 안 먹었을 땐 통증에,
약을 먹었을 땐 부작용의 한계에 봉착해서
제발 이제 그만 눈 감았으면 하다가도
오늘 밤이 끝나면 안 되는데, 하고 생각한다.

아니, 그게 아니라
"살고 싶다, 살고 싶다, 살고 싶다……"
하고 중얼거린다.

그러다 빈다.
동생 생일까지만,
조카 생일까지만,
겨울이 지날 때까지만.

내 가족이 있어야 할 장례식장, 화장터가
너무 추울 것 같아서
밤마다 빌을 한다.
제가 더 견뎌볼게요. 그러니까…….

동생 생일까지만,

조카 생일까지만,

겨울이 지날 때까지만…….

그런데도 감사한 것들

고통이 있더라도 걸을 수 있다는 것.

걸을 수 없었다면 아침에 일어나 '이왕 눈 뜬 거, 잘살아 보자' 같은 마음을 먹는 건 진작 포기했을 거다.

2012년부터 르완다에서 2년 넘게 살았던 이후로 늘 걸었더랬다. 우산 살 돈이 없어 비 맞는 아이들을 보며 빗속을 걷는 법을 배웠고, 곪은 발에서 흘러나온 고름이 흙먼지와 덩어리가 된 채로 걷는 아이들에게 내 신발을 벗어주고, 맨발로 집을 향하는 법을 배웠다.

홍콩, 양곤, 런던, 뉴욕. 여자가 혼자 걷기에 안전한 곳이라면, 삶에 대한 의문과 내가 실현해야 할 꿈과 함께 두 시간이고 세 시간이고 걸었다. 그때처럼 오래 걷지는 못하지만 걸을 수 있어서 감사하다.

책을 읽고, 글을 쓸 수 있다는 것.

내성적이고, 직관적이고, 계획적인 성향을 가진 나는 혼자가 편하다. 누군가와 함께 있으면 자꾸 다른 사람에게 맞추려고 하기 때문이다. 어색한 분위기가 불편해서 이상한 말이나 마음에도 없는 불평 같은 걸 내뱉기도 한다.

이런 내게 책은 언제라도 마음대로 접었다 폈다 할 수 있는 편안한 벗이다. 좋은 책에서 에너지를 얻은 뒤엔 등짝이 아파도 움직이고, 부작용에도 약을 먹을 용기를 낸다.

글쓰기는 쉽게 우울해지는 내 마음에 균형을 가져다준다. 그래서 읽고 쓸 수 없을 정도로 힘든 날은 견디기가 벅차다.

가족.

암 환자들에게 가장 두려운 건 가족에게 버림받는 것이라는 글을 읽었다. 동생한테 얘기해줬다. 동생이 웃으면서, "몇 달 뒤엔 누나가 그럴지도 모르잖아?" 하는데, 그 말에 정색하지 않고 따라 웃을 수 있는 사이라는 게 감사했다.

그런 참 좋은 동생에게서 태어난 아기, 어린이집에 있는 조카를 데리러 가는 길은 가장 설레는 시간이다. 나의 하루 중 가장 책임감이 필요한 시간이기도 하다.

조그맣고 따뜻한 손을 잡고 공원을 지나 집으로 돌아오는 길은 예전에는 보지 못했던 것들로 가득한 세상이다. 바스락거리는 낙엽, 뾰족뾰족 소나무 이파리, 작은 들꽃이랑 풀. 건강했을 때나 시한부일 때나 내가 무심코 지나쳐버렸던 것들이 우리 봄이 눈에는 하나하나 다 보이는 것 같다.

데리러 가는 길은 10분이면 되는데 돌아오는 길은 30분이나 걸린다. 이 아기의 한 발짝 뒤에서, 곁에서 늘 지켜주고 싶다고 생각한다.

벗들.

정을 떼고 밀어내도, 그런 내 모습까지 눈 딱 감고 안아주는 친구들이 있어 감사하다. 지금의 나는 너의 관심도 부담스러울 수 있다는 말에 그저 모른 척 묵묵히 곁에만 있어 주는 벗들.

뭐가 뭔지도 모르면서 그냥 이해한단다.

그저 기다리겠단다.

고맙다는 한마디로는 설명할 수 없는 크고 소중한 나의 사람들이다.

고통이 있더라도 걸을 수 있다는 것.

책을 읽고, 글을 쓸 수 있다는 것.

가족.

벗들.

고맙다는 한마디로는 설명할 수 없는

크고 소중한 나의 사람들이다.

나의 조카 봄이

봄이, 봄봄이, 뚠띠, 곰둥이, 이쁘닝, 빵원이, 뺨톨이, 강아지, 캉새이 등등. 한 아기에게 내가 붙여준 별명은 내가 이 아기를 사랑하는 만큼 다양하다. 비록 내가 낳지는 않았지만 나는 이 존재를 사랑하는 게 확실하다.

어느 날, 혼자서 작고 뽀얗고 오동통한 아기를 품에 안고 토닥토닥 재웠던 날이었다. 너무 예뻐서 시간이 멈춘 듯 하염없이 보고만 있다가 뜬금없이 눈물을 쏟았다.

'이 소중한 아기를 어떻게 지키지? 얘가 살아야 할 세상은 지금보다 훨씬 힘든 일이 많을 것 같은데…… 나는 무엇을 할 수 있을까? 봄이 너를 지키기 위해서라면 꼬모가 뭐든 다 할 수 있을 것 같아.' 이런 생각을 하면서.

시간이 흘러 나는 가족과 지인들 몰래 시한부 선고를 받았다. "왜 저예요? 저 그럭저럭 괜찮은 사람인 거 아시잖아요? 저한테 어쩜 이러실 수 있어요! 왜? 왜! 왜!" 부정하고 분노하고 따지며 목 놓아 울었다. 물론 나는 이런 걸 바깥으로 티 내는 사람은 아니다.

주말이 되면 눈물을 닦고 아무 일 없었던 것처럼 가족들을 만나러 갔다. 어느 날, 우리 봄이가 나를 보고 환하게 웃으며 반갑게 달려왔다. 그러다 남자 어른 키의 절반보다도 높은 곳에서, 정말 한 치의 의심도 없이 나를 향해 있는 힘껏 점프하는 게 아닌가! 순간 너무 놀랐지만 빠르게 달려가 봄이를 안았다. 다행히 누구도 다치지 않았고 아무것도 들키지 않았다. 나를 믿고 몸을 날려준 봄이가 정말 고마웠다. 봄이와 영원히 붙어 있을 줄 알았다.

환한 미소와 함께 나를 '꼬오~' 하고 부르는 천사.

봄이의 보드라운 볼을 부비고 있으면

세상에서 가장 따뜻한 치유를 독차지한 기분이다.

우리 봄이는 환한 미소와 함께 나를 '꼬오~' 하고 부르는 천사다. 세상에 온 지 두 돌 밖에 안 됐지만, 봄이의 보드라운 볼을 부비고 있으면 세상에서 가장 따뜻한 치유를 독차지한 기분이다. 우리 둘만 있을 때 나는 봄이에게 말한다.

"꼬모는 봄이를 너무너무 사랑해. 우리 봄이는 할미 할비한 테도, 엄마 아빠한테도 엄청난 사랑을 받는 축복받은 아가야. 그런데 세상엔 불우한 환경에서 태어난 아가들도 많단다. 태어나고 보니 시리아 난민촌이고, 전쟁 중에 엄마 아빠를 잃거나, 밥을 굶고, 폭행을 당하고, 아프거나 장애를 가진 경우도 많아. 꼬모는 우리 봄이가 우리에게 받은 사랑으로 그렇지 못한 아가들을 품어줄 수 있는 멋진 사람이 되었으면 좋겠어. 꼬모가 늘 응원할게."

꼬모를 아주 좋아하는 우리 봄이. 아직 '아니'는 모르고 '네'만 아는 씩씩한 아가답게 힘차게 "네에~"하고 답을 해준다. 꼬모 웃으라고.

아가야,

너는 존재 자체로 아름다운 하나의 세상이란다. 꼬모는 너를 만난 순간부터 네가 너무 사랑스러워서 어쩔 줄 몰랐어. 그리고 네 덕분에 참 많이 웃었단다. 너의 개구쟁이 같은 표정, 천진난만함, 엉뚱함, 침으로 범벅된 너의 뽀뽀, 예상치 못한 너의 박치기, 아낌없는 환한 웃음이 순간순간 통증을 잊게 해주었단다.

넌 그런 멋진 아이야. 넌 그런 힘을 가진 아이야.
살아가는 내내 그것을 기억하기를.
꼬모는 어디에 있든 항상 네 편이란 것도!

가장 미안한 사람

"야! 니는 뭐가 그래 잘나서 맨날 째거만 쓰는데? 어!"

나는 고등학생, 남동생이 중학생이던 어느 날이었다. '화'라는 걸 낸 적이 한 번도 없던 아이가 내게 소리를 질렀다. 정확한 상황은 기억나지 않지만, 동생의 말이 내 가슴에 내리꽂혔다는 건 분명했다.

나는 입을 다물지 못하고, '얘가 지금 뭐라고 하는 거야?' 하는 표정으로 한참 동생을 바라봤던 것 같다.

태어나서 태변을 제대로 못 눈 이래 늘 허약했던 나는, 으레 엄마 아빠에게 안겨있거나 업혀있었다. 시집살이가 심한 시절이었다. 아빠는 해외에 돈 벌러 나가고 없는데도, 할머니나 작은엄마가 오라고 하면 엄마는 우리 둘을 데리고 본가에 가서 일을 해야 했다.

돌아오는 버스 안에서 나는 지쳐 잠들곤 했다. 버스에서 내리면 엄만 잠든 나를 업었다. 둘 다 안거나 업을 수는 없으니 동생은 걸어야 했다.

"상아, 누나는 아프니까 우리 상이는 걷자. 걸을 수 있겠지?" 엄마가 물으면 조그마한 게 눈이 스믈스믈 감기는데도 "응!"하고 씩씩하게 답하곤 했단다.

내 든든하고 착한 동생이 화를 내기 전까진 내가 늘 새것만 쓰는 줄 몰랐다. MP3, 전자사전 기타 등등.

그렇게 우리는 불공평하게 자랐다. 나는 그때 동생 앞에서 엉엉 울었다. 누나가 미안하다. 진짜 내는 몰랐다. 엉엉.

살면서 누나에게 많은 것을 양보해야 했던 동생.

이제 내 자리가 좀 잡혀서 그간 미안했던 것들을 갚을 수 있을 줄 알았는데. 동생에게 미안하단 말조차 꺼낼 수가 없다. 도저히 동생 눈을 마주칠 용기가 안 난다. 웬만큼 미안해야 말이지.

좋은 사람으로 살려고 나름 최선을 다했기에 세상엔 크게 미안함이 없는데, 동생에게는 너무, 너무너무 미안하다. 나와 함께 감당해야 할 몫을 동생에게만 급히 넘겨주고 떠나는 것 같아서.

상아, 사랑하는 내 동생. 누나가 진심으로 미안하고 고마워. 다음 생에 다시 만나면, 그때 갚을게. 그땐 당당히, 맘 편히 다 받아주렴.

동생에게 미안하단 말조차 꺼낼 수가 없다.

도저히 동생 눈을 마주칠 용기가 안 난다.

웬만큼 미안해야 말이지.

그러니까, 가장 좋아하는 연예인은

부산 살 때, 엄마는 매달 방생이라는 걸 했다. 잡혀 온 물고기나 거북이 같은 생물을 사서 바닷가에 풀어주는 거다. 그렇게 하면 용왕님이 어여삐 여겨 주신다는 풍문을 들은 것도 같다. 그런데 바다와 먼 일산으로 이사를 오는 바람에 엄마의 방생 의식에 제동이 걸렸다.

동생더러 인천에 가자고 했다가 거절당했던 어느 날. 엄만 내게 기부할 곳을 추천해달라고 했다. 방생하려고 바닷가까지 오가는 차비랑 에너지를 모아 매달 기부를 하겠단 것이다. 플

래닝 전문가로서 뽐낼 기회였다. 직장생활 할 때 후원했던 기관들을 포함해 주요 기부처와 간략한 설명, 링크를 더한 목록을 짰다. 마치 처방전처럼, 어린이를 돕고 싶을 때, 북극곰을 돕고 싶을 때, 국제인권에 관심이 있을 때, 환경 문제가 심각하다고 여겨질 때, 난민의 삶이 안타까울 때 등의 상황도 덧붙였다. 한 달에 최소 기부 금액이 2만 원인 곳, 3만 원인 곳 등. 다시 생각해도, 아름다운 추천 목록이었다.

그날 밤, 엄마는 자신의 당초 목적은 방생이었으니, 북극곰을 돕겠다고 했다. 그런데 다음 날 아침, 엄마는 나의 추천서를 밤새 꼼꼼히 읽어본 결과 유엔난민기구로 맘이 바뀌었단다. 유엔난민기구의 무엇이 마음에 들었냐고 물었다. "사람을 살리는 일을 하는 것 같아서." 우리 엄마 멋지네.

며칠이 지났다. 엄마가 텔레비전에 빨려 들어갈 기세로 화면을 보고 있었다. 배우 정우성이 난민 후원을 독려하는 인터뷰였다. 화장실을 가려다 아는 척을 했다. "어! 저기 우리 엄마가 후원하는 곳이네!" 엄만, "내가 후원하는데 라니 더 눈길이

가네."하고 말했다. 이제 겨우 3만 원 냈으면서 저리도 당차게 말하는 엄마가 너무 귀여웠다. "아이구~ 우리 엄마 다 컸네. 다 컸어."하며, 엄마에게 궁디팡팡을 해주었다.

　제목으로 돌아가서. 내가 가장 좋아하는 연예인은 정우성이다. 저 잘생긴 얼굴로, 아 진짜 굳이 안 그래도 되는데, 다른 사람의 삶을 위해 자기의 능력을 쓰는 게 너무 멋있다.
　성당에서 구원을 비는 기도문을 외울 때마다 맘이 쓰이는 문장이 있다. '가장 버림받은 영혼을 돌보소서.' 지구상에서 가장 버림받은 이들을 돌보는 그는 볼 때마다 늘 반짝인다.

　아, 나도 그러고 싶었는데.
　그처럼 반짝거리며 살고 싶었는데……．

　이런 맘은 감추고 뚫어지게 화면 속 얼굴만 쳐다본다. 엄마처럼.

나의 친구들

○영이 이야기

2015년 첫 번째 수술을 했을 때, 영이는 노트북 하나 달랑 들고 병실을 찾아오곤 했다. 메르스 때문에 대부분의 사람들이 병원에 오기를 꺼려할 때였는데도 먼 길 와서 음악을 들려주고, 암이나 수술과는 아무 상관없는 이런저런 재미있는 이야기를 나누다 돌아갔다. 영이는 내게 힘드냐고 묻지 않았고, 힘들겠다고 말하지 않았다.

병원 주변을 혼자 걸으며 깨달았다. 진짜 힘든 사람에게 위로가 되는 말은 없다는 걸. 그저 함께 있어주는 것, 곁에 있다는 걸 몸소 보여주는 것만이 '진정한 위로'라는 걸. 말과 행동은 차원이 다르다는 걸.

영이는 열아홉 살에 만났다. 처음 만났던 날, 대화를 나누며 시종일관 웃다가 카페를 나서는데, 부산에서는 보기 힘든 그 해 첫눈이 축복처럼 내렸다. 예술가이자 창작자인 그의 이야기는 참신하면서도 세상을 향해 품고 있는 사랑과 깊이가 있었다. 늘 다음 만남과 그의 이야기가 기다려졌다. 그와 있으면, 남녀 간 연인이 아니더라도 특별한 인연이 존재한다는 것을 삶이 내게 알려주는 것만 같았다. 세상엔 말로 설명 안 되는 그런 사람도 있다고.

어느 날 영이에게 물었다.

"만약 내가 죽기 직전이라면 뭘 하는 게 좋을까? 너라면 뭘 할 거야?"

"죽을 때 주마등처럼 지나가는 장면은 너가 죽어간다는 걸 알면서 했던 일들은 아닐 거야. 전에 여행을 하다가 자전거 사고로 진짜 죽을 뻔한 순간이 있었거든. 여기서 죽는구나, 했던 그 짧은 순간, 내 인생에서 가장 의미 있다고 여겨졌던 것들이 스쳐가더라. 그러니 네가 곧 죽는다 하더라도, 애써 특별한 일을 할 게 아니라 그냥 원래 하던 일을 하는 게 낫지 않을까? 잘은 모르겠지만 난 그럴 것 같아."

영이의 말에 난 고개를 끄덕였던가, 새로운 다짐들을 했던가…….

"만약 사람을 색깔로 표현한다면, 너는 내가 모르는 어떤 특별한 색을 섞은 것 같아."

그의 목소리가 귓가를 울린다.

○ 선이 이야기

재발로 두 번째 수술을 했던 겨울이었다. 남동생의 결혼식을 앞두고 있었다. 병원에서 쪽잠을 자던 엄마 얼굴이 노랗게 변해갔다. 병원에 혼자 있어도 된다고 했지만 엄마는 막무가내였다. 그때 선이가 나섰다. 나는 그럴 수 없다고 했고, 선이는 인생이 다 그런 거라고 했다.

선이와 나는 KOICA 태국 사무소에서 봉사단원 교육 교관으로 일했다. 하루 일과가 끝나면 나는 시원한 기숙사에서 토익책을 집어 들었고, 선이는 운동장에서 땀을 주룩주룩 흘리며 달렸다. 그렇게 달랐는데도 우린 친구가 되었다.

수술하고 며칠 뒤 어느 날 저녁, 차가운 창 쪽에 누운 선이가 휴대폰으로 음악을 듣고 있었다. 그 모습을 바라보자, 선이는 "뭐 필요해? 물 줄까?" 하며, 이어폰을 빼고 후다닥 일어났다. 눈물이 날 것 같았다.

낮에 엄마가 했던 친척 이야기가 떠올랐다. 우리 딸이 수술하고 체력이 너무 부쳐서 부산에 내려갔다가 며칠 뒤 결혼식 보러 다시 오기가 힘드니, 당신 집에 며칠만 머물면 안 되겠냐고. 집에 빈 방도 있던 친척은 거절했단다.

"선아, 뭐 먹고 싶은 거 없어? 다 사줄게. 말 만해."
"언니야, 나 막걸리에 파전."

그날 밤 우린 병실을 탈출했다. 겨울이라 두껍고 기다란 점퍼 속에 환자복을 숨기기 좋았다. 그 이후로 나는 막걸리와 파전을 좋아하게 되었다.

그렇게 두 친구가 내게 왔다. 영이와 선이 덕분에, 가장 힘든 순간 내 곁을 지켜주는 이들은 따로 있다는 걸 알게 되었다. 남보다 못한 친척도 있고, 가족만큼 나를 아끼는 벗들도 있다는 걸.

그 이후로 의식적으로 소중히 여기는 이들과 그렇지 않은 이들 사이에 선을 긋게 되었다. 소중한 이들에게 더 많은 시간과 정성을 들여야 한다는 걸 깨달았으니까.

언젠가 그들이 이 글을 읽어주면 좋겠다. 당신들이 내게 얼마나 특별한 인연인지, 당신들에게 배운 것이 얼마나 많은지, 나를 얼마나 미소 짓게 했는지 알아주었으면 좋겠다.

'친구'라는 이름을 입고 우린 같이 서 있었지만,
사실 내게
'참 좋은 어른'같은 존재였다.

당신들이 내게 얼마나 특별한 인연인지,

당신들에게 배운 것이 얼마나 많은지,

나를 얼마나 미소 짓게 했는지.

제발 업보라고 말하지 마세요

암에 걸린 내게 사람들이 하는 말.

전생에 지은 죄가 커서 그래요.
업보에요.
성격이 그렇게 예민하고 소심하니까 그렇지.

암이 옮을까 걱정이 되는 걸까?
피하는 일도 있다.

죄가 커서 그런 게 아니라고, 내가 잘못한 게 없다고 생각하면서도, 사람들이 나를 피하면 나도 모르게 주눅이 들었다. 그래도 참을 만은 했다. 그런데, 내가 아픈 게 엄마 아빠의 업보란 소리는 정말이지 감당하기 힘들었다.

내가 암에 걸린 이후 숨 한 번 크게 쉬지 못하는 우리 엄마 아빠에게 그러는 건, 반칙이다.

병에 대응하는 '인과응보'와 '인연과보'의 차이에 관한 글을 읽었다. 인과응보가 나에게 죄가 많아서 내가 아픈 거라고 설명한다면, 인연과보는 바람이 불어 하늘에서 간판이 떨어지는 바람에 그 아래에 있던 누군가가 맞았다고 설명한다.

당연히 나는 인연과보를 믿는다.

건강하고 건강하지 못한 것, 착하고 나쁜 것은 아무런 관계가 없다. 정말 큰 위로였다.

노란색 라이언 비닐 봉투 이야기

내 잠자리 머리맡에는 커다란 비닐 봉투가 있다. 유서, 수의, 영정사진, Yes-No 카드가 담겨 있다. 가족에게 들키지 않으려고 귀여운 라이언이 프린트된 노란색 봉투를 골랐다.

매일 잠자리에 들기 전, 비닐 속에 있는 유서를 꺼내 내 왼쪽 뺨 옆에 펴둔다. 다시 깨어나지 못할 경우를 대비한 것이다. 물론, 다음 날 아침 눈을 뜨자마자 오늘을 잘 살자, 마음먹으며 다시 노란색 비닐에 담는다.

죽음과 관련된 다양한 책을 읽으면서 유서의 필요성을 알았다. 요점은, 가족 구성원의 생각이 저마다 다르므로 대처 방안을 남겨두지 않으면 내 죽음이 산으로 갈 수 있다는 것. 가족들이 어떻게 해야 할지 몰라 우왕좌왕하는 걸 방지해야 할 의무가 생겼다.

유서는 사전연명의료의향서, 상황별 대처 방법, 내가 원하는 존엄한 죽음, 유산, 원하는 장례에 대한 생각, 장례식장에서 지인들에게 전해주길 바라는 글 등으로 채워져 있다.

사전연명의료의향서는 일전에 말씀드렸으니 통과.

상황별 대처 방법은 내가 어떤 상태로, 어떤 합병증을 동반하여 발견될지 모르기 때문에 그에 대비하여 바라는 대응법을 써둔 것이다. 마비가 오거나 내가 말을 하지 못할 경우 의사소통을 위해 Yes-No 카드도 만들어 두었다.

내가 원하는 죽음의 모습은 이렇다.

심장마비가 왔다면 절대 심장 제세동기 등을 사용해서 다시 살리지 말 것을 부탁드립니다. 호흡곤란이 오더라도 기도삽관이나 인공호흡기를 사용하지 말아 주세요. 신장에 문제가 오면 절대 신장 투석을 하지 말아주세요. 항암제 사용도 거절합니다. 치매의 경우, 독감 예방접종 주사, 항생제, 고혈압약, 당뇨약 등의 투약을 거부합니다. 뇌졸중 등 어떤 이유로 마비가 온다면, 음식과 물을 단식하여 삶을 끝낼 생각입니다. 사람은 일주일 동안 음식과 물을 섭취하지 않으면 사망에 이른다고 합니다. 저의 단식 기간 마음이 아프겠지만, 억지로 물을 마시게 하거나 음식을 먹여주시지 마세요. 정맥주사를 통해 영양물질을 투입하거나 링거를 맞추는 건 제 고통을 연장시키는 것이나 마찬가지입니다. 현재 암성 통증만으로도 충분히 고통스럽습니다. 이 고통스러운 삶을 연장하고 싶지 않습니다.

—

어떤 병이든, 어떤 상황이든, 가능한 한 빠르고 고통 없이 끝나기를. 존엄한 죽음이기를 바랍니다. 저에게 살아있다는 것은, 저 스스로 독립적인 판단을 내리고 일상생활이 가능한 삶을 살 수 있다는 것을 의미합니다. 그러므로 제가 누군가에게 짐이 된다는 건 죽음과 마찬가지입니다.

—

집에서 죽기를 희망합니다. 가능하면 병원에 데려가지 말아 주세요. 병원에 가면 호흡곤란의 경우 기도를 칼로 잘라서 호스를 꽂는 등 예상하지 못한 다양한 '고통스러운' 조치를 하는 것으로 알고 있습니다. 사람을 살리기 위한 의사의 선택이지만, 저에게는 그저 고통이고 많이 아플 것 같아요. 하지만 어쩔 수 없이 병원에 가게 된다면, 나에게 꼭 맞는 진통제를 찾을 수 있기를, 그것을 충분히 받아 고통을 최대한 경감시킬 수 있기를 바랍니다.

다음은 유산. 최근에 본 '사생활'이라는 드라마에서 사망신고를 하면 원스톱 서비스로 사망한 자의 재정 명세가 확인된다는 것을 알게 되었다. 그러나, 내가 대충 써두는 편이 낫겠다 싶었다.

장례는 가능하면 돈 들이지 말고 최대한 소박하게 환경친
화적으로 치러주길 바랍니다.

화장하는 망자의 수의는 병원에서 화장터까지만 입는다고
하고, 땅에 매장하는 게 아닐 경우 삼베가 필수는 아니란다.
순면 100%로 준비해두었다. 영정사진은 직접 만들었다. 장례
식장에서 급히 만들 경우 액자를 사는 비용 등이 턱없이 비싸
다고 한다.

장례 후엔 화장해서 맑은 바다에 뿌려주세요. 납골당, 무
덤 이런 거 만들지 말고, 세상 어디든 갈 수 있도록.

이상이 내 유서다. 마음껏 활용하셔도 좋다.

맑은 바다에 뿌려주세요.

세상 어디든 갈 수 있도록.

신께 드리는 당부 말씀

그동안 감사했습니다.

알고 있어요. 저를 축복하신 것을.

당신을 욕한 저를 사랑하시다니.

정말 감사합니다. 오만했어요. 용서하세요.

태어난 이래 늘 여기저기 아팠지만

어떤 순간에도 포기하지 않은 부모를 주셔서 감사합니다.

많은 것을 내게 양보하면서도

항상 저를 보듬어주는 동생을 주셔서 감사합니다.

아, 우리 봄이!
저를 웃게 하는 아기를 만나
많이 웃고 떠날 수 있게 하신 것도 감사합니다.

저를 진심으로 사랑해준 이들을 주셔서 감사합니다.
힘들고 지칠 때, 도움이 필요하다고 말씀드릴 때마다
꼭 한 명씩은 보내주셨던 거, 다 기억합니다.

준비되었냐고 물으신다면,

커피를 좋아하는 아빠를 위해 커피 머신을 사드렸고,
롱패딩이랑 후리스 잠옷, 장갑도 사드렸어요.
평소 추위를 많이 타는 엄마.
새벽에 앉은 변기가 너무 차가울까 봐 비데를 달았고,
샤워할 때 추울까 봐 할로겐램프도 달았어요.
거실에서 쓸 수 있는 작은 전기 히터도 마련했고.
창문 틈으로 들어올 바람이 걱정돼서
뽁뽁이랑 문풍지도 준비했어요.

전 이제 준비가 된 것 같아요.

너무 많이 아프거든요.

최선을 다해 살아 있으려고 노력했던 것, 기억해주세요.

가장 소외된 이들을 위해 살려고 노력했던 것,

기억해주세요.

제게 남은 축복이 있다면

잠 속에서 두려움 없이 편안히 떠날 수 있게 해주세요.

부디 제 마지막이 너무 엉망이지 않게,

존엄 속에서 떠날 수 있게 해주세요.

제 죽음이 다른 이들에게 상처나 트라우마가 아니라

더 나은 내일을 위한 밑거름이 되도록 도와주세요.

그래도 혹시 가능하다면,

건강하게 살아볼 기회를 딱 한 번만 더 주세요.

좋은 어른이 될게요.

저를 진심으로 사랑해준 이들을 주셔서 감사합니다.

힘들고 지칠 때, 도움이 필요하다고 말씀드릴 때마다

꼭 한 명씩은 보내주셨던 거, 다 기억합니다.

내 장례식에 못 올 가능성이 큰 당신에게

유서의 내용 정도면 내 죽음에 대한 그림이 얼추 그려지지만, 그래도 장례에 대해선 따로 언급하고 싶다.

하여간 가능하면 돈 들이지 말고 최대한 소박하게 환경친화적으로 치러줬으면 좋겠다. 엄마, 아빠, 동생이 각자의 지인들에게 연락하는 건 상관없다. 저마다 인연이 있고, 서로 받아야 할 위로와 갚아야 할 위로가 있을 테니.

그러나, 나의 지인들까지 부르지는 않았으면 좋겠다.

코로나19 시대에 부담을 주고 싶지 않고, 그들 기억 속에 '연락을 잘 안 하던 친구이지만, 어딘가에서 잘 살아가고 있을 거라 믿는 친구'로 남고 싶어서다. 오랜 시간 해외에서 살았기 때문에 대부분 그 정도로 넘길 것이다. 또, 세상에 빚을 남기고 떠나고 싶지 않아서다. 만약 결혼한다면, 축의금을 받지 않는 스몰 웨딩으로 찾아온 모두에게 소박한 음식 대접을 꿈꾸던 나였으니까.

동생에게 말했더니, 다시 생각해보란다. 다른 사람에게 부담 주기 싫고 스스로에게도 부담이 되는 게 싫은 건 이해하지만, 그래도 마지막 인사를 나눌 기회이지 않겠냐고. 어떤 일이든 마무리를 잘 짓는 게 중요한 것 같다고. 나중에 이 사실을 안다면 나에게 자기는 별로 소중하지 않은 존재였나 보다고 서운해할 거라고. 이럴 때 보면 내 동생은 참 말도 잘 한다.

반면 나를 지지해 주는 친구도 있었다. "너 하고 싶은 대로 해. 나는 이해할 것 같아. 그리고 너와 나처럼 생각하는 사람들 때문에 세상이 조금씩 바뀌는 게 아닐까?"

그래서 나는 글을 썼습니다. 나의 소중한 당신, 그러나 내
장례식엔 못 올 가능성이 큰 당신에게.

타고난 능력이 뛰어나지 않아서
숙제를 잘하고 떠나지는 못하지만,
이생에서 제가 배워야 했던 것을 배우고
다음 목적지로 갑니다.
이 글을 볼 당신에게 진심으로 미안했고,
당신을 깊이 사랑했으며, 당신을 남김없이 용서했습니다.
고마웠다고, 모두에게 눈물로 전하고 싶습니다.

저는 자유가 되어 훌훌 떠납니다.
그러니, 웃으며 보내 주시길 바랍니다.
언젠가 때가 되면 천국에서,
혹은 다음 생애나 그 어디에서든
다시 만나고 싶습니다.

부디 건강하게 잘 살아주기를.

내가 당신 덕분에 웃으며 살았다는 걸 기억해주기를.

어디에 있든 당신을 응원하고 있다는 걸 의심하지 말기를.

나의 장례가 슬픔과 눈물이 아니라,

앞으로 당신의 건강한 삶을 위해

어떻게 살 것인지에 대한 각오와 유머로

가득 채워지길 바랍니다.

당신을 깊이
사랑했습니다.

그 어디에서든

다시 만나고 싶습니다.

대부분 무릎을 꿇고 엎드려서 노트에 썼다. 왼쪽 등과 왼쪽 겨드랑이 통증이 심했다. 오른쪽 등과 오른쪽 겨드랑이가 아니라서, 펜을 잡을 수 있어서 다행이었다. 오른쪽에 통증이 컸다면 안 썼을 것 같다.

처음으로 잘 못 해도 괜찮다고 생각했다. 누군가 읽고 눈물 흘릴 것을 알면서도 썼다. 평생 꿈이 행복한 내 삶에 관해서 쓰는 거였는데, 꽁꽁 숨기고픈 고통스러운 암과 죽음에 관한 이야기를 하게 됐다. 그 이야기는 나만이 할 수 있는 이야기니까. 써야겠다고 마음먹었고 써보았다. 소설 《달러구트 꿈 백화점》에서 죽어가는 이가 소중한 이들을 위해 꿈을 미리 예약, 주문해두는 마음으로. 쓰는 게 좋아서 이렇게 쓰다 죽어도 괜찮겠다 싶었다.

쓰는 내내 너무 살고 싶었다. 살아서 뭐라도 하고 싶다 생각했다. 하지만 괜찮다. 원래 이상과 현실은 차이가 있는 법이고, 그게 삶인 걸 알았으니. 내 걱정은 하실 것 없다. 이승이든 저승이든, 조용히 보이지 않는 곳에서 타고난 능력 부족을 노력으로 메우기 위해 최선을 다하고 있을 것이다. 사람은 잘 안 바뀌니까.

멋있지 않은데 '멋있다'고 말하지 못하는 사람이다. 소중하지 않은데 '소중하다'고 말하지 못하는 사람이다. 고맙다는 말도 다른 미사여구 없이 그저 '고맙다'라고 밖에 표현하지 못하는 사람이다. 그러니 당신에게 말했던 '멋있다', 그리고 지금 쓰고 있는 '소중하다', '고맙다'가 모두 나의 진심임을 알아주면 좋겠다.

적지만 나눌 게 있는 삶이었다.
많은 사람에게 사랑을 받았는지는 모르겠으나,
몇몇 사람에게 넘치는 사랑을 받았으니
꽤 괜찮은 삶이었다.

고통 속에 무릎 꿇고 엎드려 쓴 글들이
내가 세상에 진 빚을 갚는 데 도움이 되기를 기도한다.

새벽 4시
살고 싶은 시간

1판 1쇄 인쇄 2021년 2월 1일 **1판 2쇄 발행** 2022년 8월 26일

지은이 신민경
펴낸이 정태준
편집장 자현

디자인 urbook
마케팅 안세정

펴낸곳 책구름 **출판등록** 제2019-000021호
팩스 0303-3440-0429 **전자우편** bookcloudpub@naver.com

ⓒ신민경 2021

ISBN 979-11-968722-5-0 03810